読む力

井上弘美

角川俳句コレクション

はじめに

名句は誕生したときから光を宿している。しかし、その光を感じとったり引き出したりする読み手がいなければ、光は孵らない。句集には、収められた作品の織りなす世界が広がっているのはもちろんだが、光を放つ一句と出合える喜びは何ものにも代え難い。読者の胸に一灯を点じるような静謐な光であったり、目のくらみそうな衝撃的な光であったりと、その魅力はさまざまである。しかし、そんな一句に出合ったとき、その輝きがどこから生まれるのかを読み解き、誰かに伝えて感動を共有したいといつも思う。

俳句がわずか十七音でありながら、豊かな表現世界をもつことができるのは、散文ではなく韻文だからである。散文の手法をそのまま用いたのでは十七音はあまりにも短く窮屈だが、俳句は韻文としての俳句固有の表現方法を編み出した。すなわち季語、切れ（切字）を柱とするさまざまな表現技法である。これらを用いることで、散文にはできないことが表現できるのである。では、その方法とは何か。

そんなことを問いかけながら、『俳句』（平成二十九年一月号〜三十一年三月号）に「弘美の名句発掘」を連載。近刊句集の感銘句を鑑賞することで、俳句固有の表現方法や、韻文としての俳句の鑑賞方法について作品に即して考えてみた。俳句鑑賞もまた、散文的手法によっていたのでは不十分だからである。韻文を韻文として読む力。これなくして、俳句を深く掘り下げて味わうことはできない。一般的な読みに終わることなく、一句を生かす読み方、つまり「読む力」を駆使することで、一句一句の宿す光を引き出したい。そして、十七音という、世界最小の詩の力を浮かび上がらせることができればと思う。

目次

はじめに 2

I　季語の力を読む

一句に封じられた時間を読む 8
鑑賞の手掛かりを見つける 16
伝統的な季語を読む 23
心情を季語にたくす 30
対象を凝視する 37
いさぎよいということ 44
断念のさきに見える世界 51
季語への思いをより深く 59
命をことほぐ 67

Ⅱ　表現の力を読む

風土の持ち味を読む　76
題材の力を引き出す　87
固有名詞を詩のことばに　94
俳句における虚と実　105
予定調和を超える　112
芳醇なる歳月を読む　120
挽歌の伝統　127
見えない力を詠む　134
表現の多様性　142

Ⅲ　十七音の力を読む

根源へのまなざし　150
俳句の物語性　157
一句の背景を踏まえる読み　168
作品を支える俳句観　175
声なきものの声を詠む　186

祈りの韻律　194
亡きひとへ通わす心　202
次の時代へ　209
祈りのことば　217

Ⅳ　構成力の可能性
――友岡子郷「貝風鈴」三三句を読む試み　225

掲載句索引　243
おわりに　248

装丁　大武尚貴

Ⅰ　季語の力を読む

一句に封じられた時間を読む

高等学校に勤務していたころ、ある世界史の先生が「ようやく教科書の内容が絵巻物のように、途切れることなく一枚物として、自分の中でつながりました」と晴れやかに語ったことがあった。

以来、歳時記が絵巻物として途切れることなく自分の中でつながることを目指すようになった。時候、天文、地理、生活、行事、そして動植物といったすべての分野、項目が立体的につながったら、その時こそ季語の恩寵のなかに身を置くことができるのだろう。

歳時記は単に季語を調べるための辞書的なものではなく、読むものであると思う。季語によって捉える日本の自然と生活と文化。しかも、季語は日本語の美しさ、豊かさを端的に伝えている。

初めて歳時記を手にした大学生が、「末枯れ」という季語に出合って、普通枯れるものは見向きもされないのに季語になっていることを知って感動した。ぜひ使ってみたくて、「末枯れ」の季節がやってくるのが楽しみだった、と語った。

出合いたい季語、使ってみたい季語、何度でも使いたい季語。歳時記を繰り返し読んで、途切れることのない四季の絵巻物にしたいものだ。

晩年の時間

ゆるみつつ金をふふめり福寿草　深見けん二（『菫濃く』平25）

俳句が「韻文」であるということの一つに、意味の伝達そのものが主たる目的ではないということがある。この句が「ひらきつつ金を濃くしぬ福寿草」だったらどうだろう。掲出句は「福寿草」が開く様子を、繊細な言葉の斡旋によって捉えている。

まず、上五の「ゆるみ」である。「ゆるみ」は、その前の状態が堅かったことを示すことばで、徐々に花びらがほぐれてゆく様子を、柔らかい響きで表現している。例えば「ひらき」「ほどき」「ほぐれ」「ゆるび」などの別の動詞と入れ替えてみればわかる。この句の「ゆるみ」には、時が満ちて開花の時を迎えた「福寿草」の、なごやかな解放感がある。しかも、清音で音に濁りがない。

次に、ゆるむにつれて花が黄色を深めてゆく様を、「金をふふめり」と捉えている。「ふふむ」は「ふくむ」とほぼ同義だが、「ふくむ」よりもっと仄《ほの》かなイメージがある。花の内側から金色の光が滲み出すような、厳かにして気品のある捉え方だ。

さらに、「ゆるみ」と「ふふめ」という二つの動詞は、「つつ」という接続助詞によって繋がれている。つまり、作者の眼は「ゆるむ」ことが同時に「金をふふむ」ことである点を捉えているのである。「金」と「福寿草」を漢字表記、「ゆるみつつ」「ふふめり」を平仮名表記とすることで、漢字の部分を際立たせつつ、一句全体を柔らかくまとめている点も見逃せない。「金」という色彩の華やかさとめでたさによって、新しい年を迎えた喜びや淑気をほんのりと漂わせることに成功しているのである。

晩年の一と日一と刻鰯雲　けん二

作者は大正十一（一九二二）年生まれで、『菫濃く』を上梓した年に九十一歳を迎えた。掲出句が詠まれたのは平成二十（二〇〇八）年、八十六歳の時である。

俳句では「晩年」という言葉は比較的よく用いられるが、この言葉を滋味ある言葉として他者に届けるのは難しい。「晩年」という言葉は作者にとって重く、他者に踏み込む余地を与えないからである。

この句に出合った時、「鰯雲」を見上げる作者とともに、秋の澄みきった空に、「鰯雲」が切ないまでに美しく広がっているのが見えた。今日ひと日、そしてこの一時、というような切なる思いで「鰯雲」を見上げたことがあっただろうか。それほどに「鰯雲」が懐かしいものとして描かれている。

この句は「一と日」「一と刻」が形としては対句的に見えるのだが、意味は並列ではない。上五に置かれた「晩年」の絶大な効果によって、「一と日」の中の「一と刻」が絞り込むように押し出されるのである。その結果、刻々と形を変え、やがては視界から消える「鰯雲」が、かけがえのないものとして見えてきたのである。

季節はおおらかに推移し、秋は次第に深まる。これもまた、「晩年」の思いだろう。さらに、この雲は「鱗雲」ではなく、「鰯雲」でなければならない。「鰯」のもつ庶民的で懐かしい味わいが加わるからである。上五の「晩年」と下五の「鰯雲」が響き合うことで、一句にノスタルジーが漂うのである。

あまねき日枯木の幹もその枝も　けん二

この句に使われている「Aも」「Bも」というのは、俳句表現における一つの型である。こういう型を使うときには、「A」と「B」に関係性が見いだせない方が面白い。しかし、掲出句では「幹」と「枝」だから一連のもので飛躍がない。つまり、この句は「Aも」「Bも」という型を使うことで対象そのものを描いているのである。地味といえば地味な手法である。しかしその結果、一本の「枯木」の全体像がくっきりと見えてくる。しかも、そこには「あまねき日」が射し渡っている。

この句が描いているのは一本の「枯木」と、それを包み込むような冬の明るい日射しである。題材としては珍しくはない。しかし、「あまねき日」という表現には、恵みの光という響きがある。「枯木」が満身に浴びている恵みの光が見えるのである。

面影の梅一輪を風攫ふ　けん二

句集『菫濃く』には多くの慶弔句が収められている。とりわけ弔句の場合、読者にとってはほとんどが見知らぬ人だが、亡き人の面影や、その人を失った悲しみが心を籠めて詠まれていて、それぞれ心打たれる。そして、俳句が「存問《そんもん》の心」を重んじる文芸であることを改めて思う。

掲出句には「悼　山田弘子様」という前書が付いている。俳誌「円虹」の前主宰、山田弘子が亡くなったのは平成二十二年二月七日、春を迎えたばかりの日だった。死因は心不全によるもので、突然の死だった。前日に会っている俳人も多く、訃報はあまりにも唐突で衝撃的だった。

この句の「面影の」という強い打ち出しは、死が衝撃的であったことを物語るとともに、生前の弘子を知っている者には、明るく美しい笑顔が見えるようで胸に響く。前書の効果である。しかも、「面影の」の後に軽い切れが存在することで、後に続く言葉を失ったような、呆然とした呼吸が感じられるのである。そして、その空白を埋めるように、弘子の「面影」に「梅一輪」のイメージが重ねられる。

「梅一輪に、ありし日の弘子の面影を思う」ということだが、掲出句のような表現は散文ではできない。無惨にも早春の風に攫《さら》われた「梅一輪」を惜しむ思いがよく表れている。

記憶を巡る・切字の「や」

綾取や十指の記憶きらめける　　津川絵理子（『はじまりの樹』平24）

この句を鑑賞する前に、まず切字「や」の働きを整理しておきたい。一般的に「や」は切断の働きをする。しかし、掲出句では「や」は一句のリズムは切断しているが、内容は切っていない。このような「や」を、提示の「や」という。例えば〈白藤や揺りやみしかばうすみどり　芝不器男〉の「や」も同様の働きをしている。上五で「白藤」を提示して、その「白藤」について以下で述べているのである。掲出句の場合は、「綾取」を提示し、以下で綾取をするときの「十指の記憶」を詠んでいるのである。

「綾取」は一本の紐を輪にするだけで、一人でも複数でも楽しむことのできる、単純な子どもの遊びである。余り毛糸などを使うので彩りが美しく、手にも優しい。冬の屋内遊びにぴったりだ。

掲出句は「十指の記憶」とあるから、遠く懐かしい記憶をたどりながらの「綾取」である。それでも、十本の指は「綾取」に導かれるように、さまざまな形を紡ぎ出す。糸を取ったり外したり生き生きと指が動くのである。

その思いがけない「十指の記憶」は、さらに昔、家族や友だちと「綾取」を楽しんだ記憶をも呼び覚ます。それは、誰かの笑顔であったり、炬燵のぬくもりであったりと、さらなる記憶を呼び起こす。この句には「綾取」によって復活する「記憶」の「きらめき」が、幾重にも捉えられているのである。

笹　鳴　や　亡　き　人　に　来　る　誕　生　日　　絵理子

この句も「綾取」の句と同じく、上五に「や」が置かれている。しかし、この場合の「や」は一句の内容をしっかり切断している。明らかに、中七以降は「笹鳴」とは別のことを詠んでいるからである。つまり、季語「笹鳴」と中七以降の内容を取り合わすことで、一つの作品世界が作り出されているのである。

では、どのように取り合わされているか。先に中七以降の内容を考えてみる。

普通、私たちは人が亡くなったとき、その死がいつであったかということと共に、その死を記憶する。しかし、この句は「亡き人」に巡り来る「誕生日」を思いつつ、その人への思いを新たにしているのである。生きている人のように祝福されることのない「誕生日」を記憶しているのは、作者にとってそれほどに大切な人だからだ。そのように、巡り来る歳月と、「亡き人」の「誕生日」を告げる役割を果たしているのが「笹鳴」である。

「笹鳴」は鶯の地鳴きで、チャッ、チャッと強く舌打ちするような単調な声で鳴く。鳴いているのはその年の夏に生まれた鶯の成鳥で、生垣などにやってきて、忙しく移動しながら鳴く。初冬の澄んだ大気と、呼び掛けるように鳴く「笹鳴」の声が、亡き人が生まれた日のことを思わせるのである。

花の雨電車の扉ひらくたび　　絵理子

こういう題材で俳句が詠めるということに驚嘆する。

例えば郊外を走る電車などで、線路沿いに桜並木が続いているような景色を思い浮かべてみる。そんな春爛漫の桜の景色を雨が濡らしているのである。電車は「花の雨」にしっとりと濡れて、車窓には「花の雨」の景色が絵巻物のように展開する。駅に着くたびに「電車の扉」が「ひらく」と、幾人かの人が降り、幾人かの人が濡れた傘を持って乗ってくる。そのとき、「花の雨」のもたらすひんやりとした空気が、車内に流れ込むのである。電車という閉ざされた空間に、「扉」が「ひらくたび」にもたらされる「花の雨」の実感。

特別な景ではないが、「花の雨」でなければ詩になり得ない光景である。こういう題材が詩に結晶するところに俳句表現の醍醐味がある。

鑑賞の手掛かりを見つける

能楽の大成者世阿弥は、「初心忘るべからず」「秘すれば花」といった名言で知られる。生涯にわたって演者としての花、つまり面白さを追求した。当然、厳しい修練によって演技は高みを目指すのであるが、世阿弥の凄さは、名人芸を超える方法として、初心者にありがちな未熟な演技を、むしろ味わいのある演技として見せる手法を工夫したことである。これを「却来《きゃくらい》の花」と呼んでいる。高みを目指すことの果てに、未熟な演技に還り、それを生かすという高度に洗練された芸域である。

大峯あきら氏の句集『短夜』の「あとがき」に「自我のはからいを捨て」るという言葉があり、これは句集全体に流れている精神だと思った。世阿弥のいう却来に通じる。敢えて言うと、一見当たり前に見えてしまうような作品に、じつは深い味わいがある。こういう平明に徹した作品が読めなければ、饒舌な作品にばかり目が向くことになる。却来の高度な芸も、そこに面白さを見出してくれる観客があってこそなのである。

どこに詩があるのかを読み取る

大峯あきら氏の代表句の一つに、〈虫の夜の星空に浮く地球かな〉がある。私はこの句と

〈月はいま地球の裏か磯遊び〉を一対にして、地球を宇宙から俯瞰した壮大なスケールの句として愛誦している。

この、宇宙から地球を眺めるという視点は、人工衛星が捉えた鮮明な映像によって私たちにも馴染みのあるものとなった。宇宙の闇に浮かぶ青い地球の美しさは、奇跡的なものに思える。しかし、大峯あきら氏の視点は、このような人工衛星によって捉えた視点とは異なる。氏の視点は宗教的な、仏の視点とも言えるものだ。

いつまでも花のうしろにある日かな　大峯あきら（『短夜』平26）

この句は「花」と「日」だけで詠まれているので、一見すると単純で平明な句に見える。しかし、花と日を「桜」と「太陽」と言い換えると、絢爛たる作品であることがわかる。「いつまでも」とあることで、花と日が濃密な世界を作り出していることがわかる。しかも、「花」は美しく儚いものの象徴であり、「日」は悠久なるもの、命の根源を思わせる。そんな両者が作り出す、永遠なる一瞬を切り取ってみせたのが掲出句なのである。桜に永遠の命が宿っているのである。

作者にとって「日」は太陽であるとともに、アミターバ（無量光）でもあろう。すなわち阿弥陀仏である。「花」という儚い、束の間の存在を、「うしろ」から支えるように「いつまでも」日が照らし出しているのである。句集の「あとがき」に「二度と還らないかに見えるわたしたちの人生は、本当は永遠の今の中に回転しているのかも知れません」とある。哲学者にして宗教学者である大峯氏の至った安心《あんじん》の世界。これを俳句表現にすると掲出句になる。

ぬかるみをまたいで入りぬ雛の家　　あきら

あまりにも平明な句の場合、読めばわかるので鑑賞の手立てが無いということがある。掲出句の場合も、句意を理解することにとらわれると、味わい方がわからない。こういう時は、意味ではなく描かれている光景を読み取ることを考えるとよい。

ポイントは「ぬかるみ」にある。

まず、家の前に「ぬかるみ」ができる状況を考えてみる。舗装された都会の道路では、こういう状況は生まれない。「泥濘《ぬか》る」を『広辞苑』で調べると「雨・雪などの後、地面が水を含んで泥ぶかくなる。泥深くて歩きにくい」と書かれている。そこで、掲出句の「ぬかるみ」を雪解けの泥と読みたい。三月三日の雛祭を迎えた山里の風景である。このころはまだ風も冷たく、春の雪に見舞われることも多い。日陰にはまだ雪が残っているだろう。そんな「雛の家」にやって来たのは、そこに幼い少女、あるいは赤ん坊がいるからだ。雛の間を赤々と飾る雛人形や、いそいそと準備されたであろう雛の膳、迎えてくれる人々。それらに思いを馳せつつ跨ぐ「ぬかるみ」なのである。

掲出句から、「雛の家」の戸を開ける音が聞こえてくる。

桃の節句を迎えた家族の風景を、その直前で切り取ってみせた心憎いばかりの一句。「ぬかるみ」の臨場感によって、雛祭のころの艶やかな季節感が捉えられている。

涼風のとめどもなくて淋しけれ　あきら

俳句に「淋しい」という言葉を用いるのは要注意だ。多くの場合、答えの出た句になってしまうからだ。淋しさは読者が感じ取るもので、それを言ってしまうと鑑賞の余地がなくなるのである。では、この句の「淋しけれ」(「淋し」の已然形)はどうだろう。

もし、この句が「秋風」なら、淋しいは当たり前で句として成立しない。「秋風」という季語には淋しさが含まれているからである。しかし、「涼風」は夏の暑さを忘れさせてくれるような心地良く清々しいものだから、普通は淋しいと感じない。つまり、「淋しけれ」という感じ方そのものに詩心があるということだ。さらに、その詩心を生かしているのが中七の「とめどもなくて」である。一陣の「涼風」では淋しさは生まれない。「とめどもなく」吹く風の清涼感がこの世を懐かしいものに思わせ、逆に、人がいつかはこの世を去る存在であることを思わせたのである。

もう一句、挙げよう。句集の掉尾に〈短夜の雨音にとり巻かれたる〉という句が収められている。これもまた平明な句で、鑑賞の余地がないように思える。しかし、「短夜」に続くのは明るい夏の朝で、降っているのは豊穣をもたらす恵みの雨だ。そんな「雨音」に「とり巻かれ」ていることの充足感。「涼風」がもたらす淋しさも、「雨音」がもたらす充足感も、この世に確かに存在していることの証、懐かしさがもたらすものなのである。

句の主人公から描き出される風景

棉実る息のかぎりにハーモニカ　坂本　宮尾

（『別の朝』平28）

坂本宮尾氏の句集『別の朝』には、海外詠が多く含まれている。氏は英文学者で、この句集収録作の作句期間は『オーガスト・ウィルソン—アメリカの黒人シェイクスピア』を執筆するために、アメリカ各地をたびたび訪れたという。海外詠にテーマがあって、単なる旅吟とは一線を画している。その中に、「アメリカ南部のメンフィスはミシシッピー河畔の港街。綿花産業の中心地として賑わいし頃、ここにあまたのブルース・ミュージシャン育つ　十句」という前書の付された十句がある。掲出句はその中の一句である。

テネシー州メンフィスは十九世紀に綿花の集散地として発展した。しかし、その繁栄は奴隷市に象徴されるような安価で過酷な労働によってもたらされたものであった。

この句は秋の収穫期を迎えた広大な綿畑を目にして詠まれたのだろう。そこに作者は、「息のかぎり」に「ハーモニカ」を吹いている人の姿をオーバーラップさせ、この地の負っている歴史を語らせたのである。

「息のかぎりに」という表現に、故郷も家族も自由も剝奪され、来る日も来る日も厳しい労働を強いられた人々の、喘ぐような息が重ねられている。息は肉体の一部であり、魂の叫びでもある。吹かれているのはブルース。作者は、「ハーモニカ」の哀愁を帯びた音色に、この地で奴隷として生きねばならなかった人々の声を聞いているのである。

鮎を焼く父と子強き焔をはさみ　宮尾

夏の日を浴びて輝くばかりの緑と、緩やかに流れる清流。川原では、父と子が釣ったばかりの「鮎」を焼いている。大自然の中で、父には子に教えなければならないことがたくさんある。鮎はどうすれば釣れるか、火はどうして熾すか、鮎はどうすれば美味しく焼けるか、そしてどう食べるのか。

鮎釣りにはいくつかの方法があるが、「友釣り」の場合は「囮鮎」を使う。鮎は縄張り意識が強いので、そこに「囮鮎」を泳がせると攻撃してくる。そういう鮎の習性を生かしたのが友釣りである。以前、水槽の中の囮鮎を見せてもらっている時、囮鮎を摑む時には、まず手を水に浸けて冷やさなければならないのだと教えられた。人の手の温度は高すぎて、鮎に火傷をさせてしまうからだ。

こんなふうに、アウトドアを楽しむためには、体験によって得た知識が必要だ。それを与えてくれるのが「父」である。自然の中で父は尊敬すべき大きな存在なのである。子は全身で父が教えてくれることを学び、吸収してゆく。

しかし、本来父と子は向き合うべき存在でもある。父は易々と超えられてはならない。掲出句の「強き焔」に対して、作者は「はさみ」という表現を用いて「父と子」の本質を捉えているのである。凡手なら「作り」「熾し」「囲み」などで終わってしまう。俳句に教訓は不要だが、この句は父と子の作り出す風景を写生しつつ、普遍性をもっている。母と子では作り出せない光景なのである。

冬浪の沖や白鯨ゆくところ　宮尾

アメリカの作家ハーマン・メルヴィルの長編小説『白鯨』には、白いマッコウクジラが登場する。この小説は一八五一年に発表されて以来、何本かの映画にもなった名作である。モビィ・ディックと名付けられた白鯨が、捕鯨船の船長の片足を食いちぎったことに端を発し、復讐の念に燃える船長の追跡が始まる。しかし、結果は白鯨の勝利に終わる。船長は海中に引きずり込まれ、船も沈没。ただ一人生き残った乗組員の体験談として、その一部始終が描かれている。

この句の「白鯨」は、メルヴィルの『白鯨』をイメージさせる。作者に見えているのは「冬浪の沖」であって、「白鯨」は心の中に思い描いているものだ。

「冬浪の沖」は人間には近づくことのできない領域、いわば神の領域である。その冬の沖を悠然と行く「白鯨」は、人間が手を出してはならない存在なのである。

人は何もかも支配できるわけではなく、また、支配してはならない。未知の領域、あるいは聖なる領域を信じること。そこに作者の文学に懸ける信念、人としての祈りが感じられる。

伝統的な季語を読む

俳句は和歌の伝統を引く文芸であるから、当然、その流れを汲んでいる。和歌や漢詩、連歌では共通する題として花・柳・時鳥・紅葉・雁・月・雪などを重んじてきたが、これら雅《みやび》で伝統的な題を、俳諧では「縦題」と呼んでいる。これに対して、俳諧だけに取り上げられる、やや俗なテーマ、例えば、万歳・藪入り・角力・踊り・大根引・炬燵・煤払いなどを「横題」という。

江戸期に俳諧が庶民の文芸として隆盛をみたのは、季語（季の詞）の体系が雅と俗の世界を併せ持つものとして広がったからで、私たちもその恩恵に浴しているといえる。

ところで、芭蕉が遺した発句（俳句）はおよそ千句だが、その約八割が「縦題」で詠まれている。私が調べたところ、春は花（桜）がもっとも多く、夏は時鳥、秋は月、冬は雪である。なかでも月を詠んだ句が多く、秋の句、計三〇〇の内八〇句が月の句である。

生涯、俳諧における新しみを追い求めた芭蕉は、題材による新しさではなく、むしろ伝統的な季題の捉え方という点に心を砕いていたのである。

伝統的な季語のもたらす力

十人の僧立ち上がる牡丹かな　　蘭草　慶子（『櫻翳』平27）

牡丹は中国が原産で、北斉時代（五五〇～五七七）には観賞用の栽培が始まったとされる。唐の時代には庶民が競って育てたそうで、豪華に咲き誇る姿は花王、百花王、富貴花などと賞賛され、国を代表する花とされた。日本にはいつ渡来したのか、『万葉集』には詠まれず、『枕草子』や『蜻蛉日記』に「ぼうたん」として登場する。

花の咲く時期が晩春から初夏なので、和歌・連歌では、春夏どちらの季題とするか問題にされてきたが、俳諧では夏と定められた縦題である。

掲出句は「十人の僧」と「牡丹」だけで詠まれている。句の構造は「十人の僧立ち上がる」＋「牡丹」＋「かな」であるが、「かな」止めを使っているために、「立ち上がる」と「牡丹」の間に存在する軽い切れがわかりにくい。しかし、この句は「十人の僧」から一気に読み下し、「かな」で止めたことで、花の王「牡丹」が十二分に効果を上げたのである。

では、「十人」もの僧侶が一斉に立ち上がる場面とは、どのような場面か、時間をさかのぼって考えてみよう。まず、十人の僧侶が座っている場面が見える。「牡丹」という季語の華やかさから考えて、日常生活の一場面とは思われないから、僧たちは供養か法会か、御堂に集まって経典を誦していると想像される。

新緑の季節、堂内には清々しい光が差し込み、燭が揺らぎ、香煙が馥郁と香り、朗々と経を読む声が充ちている。安置されているのは如来か菩薩か、金色の御仏が思われる。荘厳にして法悦に浸るような時間。やがて法要が終り、「十人の僧」が立ち上がったのである。掲出句は、その一瞬の厳かにして華やかな景を切り取っている。牡丹は供花として堂内を豪華に彩っていたとも、御堂を包むように咲き誇っていたとも読める。絢爛たる「牡丹」でなければ成立しない一句である。

沢音の髪にこもりぬ蛍狩　慶子

蛍は、王朝時代には恋の思いに喩えて詠むことが多かった。〈夕されば蛍よりけに燃ゆれども光見ねばや人のつれなき〉紀友則（『古今集』巻十二恋歌二）、〈もの思へば沢の蛍もわが身よりあくがれ出づる魂かとぞ見る〉和泉式部（『後拾遺集』巻二十雑六）など。

友則は、蛍よりもっと強く恋心を燃やしているのに、光が見えないので思う人はつれないと嘆き、和泉式部は、恋のもの思いに沈んでいると、沢辺を飛ぶ蛍がまるで恋人を慕って我が身から抜け出た魂のように思えると詠んでいる。この歌は疎遠になった夫を思って、京都の貴船神社で詠まれたと伝えられている。どちらも情念の濃い作品である。

掲出句は、「髪」にこもる「沢音」だけを詠んでいて、特別なことは言っていない。まして恋の句ではない。しかし、「蛍狩」に興じて、しだいに「沢音」に捉えられ、闇に同化してゆくような妖しさを漂わせている。「髪」という、女性の情念を象徴するような題材の効果である。「こもる」という表現によって、しっとりと夜露に湿ってゆく「髪」が思われて、どこか官能的ですらある。

闇を浮遊する「蛍」の明滅に心を奪われている作者が、やがて、友則や式部などを包み込んでいた、王朝時代の妖艶で濃密な闇に引き込まれてゆくような味わいである。一句の背景に古典的世界が色濃く広がっているのである。

枯れすすむなり夢《ゆめ》違《たがひ》観世音　慶子

句集『櫻翳』は鬱金色の布張りに天金という、美しい装丁の一書である。その冒頭を飾るのが掲出句で、見開き左ページに一句のみ。この句自体が「夢違観世音」の立像のように静かに立っている。

夢違観世音は、奈良法隆寺の大宝蔵院に安置されている国宝の仏像である。白鳳時代の代表作の一つで、像高は約九〇センチ。豊満でおっとりと穏やかな表情を湛え、頭に化仏を一つ戴いている。この観世音菩薩に祈ると、悪い夢を良い夢に変えて下さるということから、「夢違」との名前が付いたと言われる。しかし、このような信仰がいつ生まれたかは不明である。

「夢」という、人の眠りに付きまとうものを人は自力で操ることはできない。まして、悪夢から逃れることはできない。一方で夢占いという言葉もあるから、悪夢を打ち遣ることもできなかったのだろう。「夢」という実態のないものから人々を救済する菩薩なのである。

仏像を詠んだ句はたくさんあるが、掲出句は仏像を描写するのではなく、「枯れすすむ」衰退の季節に、「夢違観世音」一体を、ただ立たせるだけで、一句に仕立ててみせたのである。

この大胆な省略による深さが、七音＋十音というおおらかな韻律を生み出し、句に気品と格調をもたらしたのである。

季語の成り立ちを生かして読む

避難所に回る爪切夕雲雀　柏原眠雨　（『夕雲雀』平27）

掲出句は句集『夕雲雀』を代表する句で、句集名もこの句から採られた。すでに名句の誉れ高い句なのだが、敢えて鑑賞してみたい。

句集『夕雲雀』の後半には、東日本大震災の罹災地で詠まれた句が多く含まれている。「避難所」の生活が、いかに過酷で不自由なものであったか、私たちはテレビの映像などで見てきた。しかし、そんな映像だけでは伝えられない、突然奪われた、日々の当たり前の生活が、この句には捉えられている。他者と「爪切」を共有する生活とは、どんな生活なのか。「爪切」は長期に及んで不条理を強いられる人々の生活を象徴しているのである。

ところで、この句において季語の「夕雲雀」はどんな働きをしているのだろう。「夕雲雀」は春の夕暮れの、長閑で穏やかな時間を思わせる。だからこそ、帰るべき家を奪われた人々の、避難所での生活が痛々しい。明るい夕暮れに続く、長い夜も思われる。

そして、「夕雲雀」の効果はこれだけではない。雲雀は麦畑の中など大地に巣を作る鳥、すなわち雲雀もまた帰るべき巣を奪われてしまったのである。

また、雲雀は万葉の時代から悲しみを表してきた題材。〈うらうらに照れる春日にひばり上がり心悲しもひとりし思へば　大伴家持〉（『万葉集』巻十九）。家持の孤独と、避難所に生活する人々の無念や孤独は質が違う。しかし、高々と空に舞い上がり、明るく囀る雲雀の声が掻き立てる懐かしさや、それによって生まれる愁いは、家持にも避難所に生きる人々にも共通のものだ。

ゆるゆると死霊の舞やほととぎす　眠雨

時鳥は、夏の季題として和歌や連歌では雲雀よりもずっと重きをなし、「縦題」の中でも代表的な季題である。

昼夜を分かたず鳴くので、昔の人は卯月朔日《うづきついたち》になると、時鳥の一声を聞くために夜を徹した。これは、風流な楽しみであったばかりではなく、時鳥が甲高い鳴き声で人の魂を誘い出すと信じられていたためでもあった。眠っていて一声を聞き逃したら、魂が誘い出されて、遊離してしまうと考えられていたのである。

「死霊の舞」とは何だろう。「死霊の踊り」なら盆踊りだろうと想像できるが、「踊り」は秋の季語。この句には「ほととぎす」という夏の季語が斡旋されている。「ほととぎす」は冥界の鳥であるから、「死霊」は「ほととぎす」が連れ出したものなのか。不思議な一句である。しかも上五と下五がひらがな表記になっているので、中七の「死霊の舞」が際立つ。白い着物に身を包んだ亡霊が、ゆるやかに舞う場面を想像していて、このゆったりとした動きは、能舞台で舞う亡霊ではないかと思えてきた。

例えば、「野宮」はどうだろう。「野宮」に登場する後シテは六条御息所の霊である。六条御息所といえば『源氏物語』の主要登場人物。嫉妬のあまり、生霊となって葵の上に取り憑いた女性である。それが、今、死霊となって舞台に登場し、光源氏の愛を失っても、ひたすらに愛さねばいられない、妄執の哀しさを訴えて「ゆるゆる」と舞うのである。冥界と現世《うつしよ》をつなぐように、「ほととぎす」の声が聞こえる。

泣き止まぬ子もその母も息白し　眠雨

白い息ほど冬を実感させるものはない。呼吸は命の証であり、途切れることがないにもかかわらず、普段、人は呼吸していることを意識していない。気温の低下に伴って、息が白く見えるようになると、吐く息の温もりと共に、自分が呼吸をしていることを改めて感じる。本格的な冬の到来である。

この句は、日常よく目にする母と子の一場面を捉えているが、「息白し」の季語によってどこか純粋で一途な親子の光景になった。

真冬の寒風が吹きつける中で、「泣き止まぬ子」も「母」も一歩も譲らず、互いの主張を突きつけている場面と読みたい。母親は途方に暮れつつも、決して妥協しない。その、互いにぎりぎりのところで吐く息が白くぶつかっているのである。

「息白し」が、ひたすらな命を捉えている。

心情を季語にたくす

芭蕉が江戸市中の生活に終止符を打って、深川へ居を移したのは延宝八（一六八〇）年、三十七歳の時のことだった。延宝年間は談林俳諧の全盛期で、俳句人口が増大。俳諧宗匠が職業として安定した地位を得ることができたのもこのような時代背景による。そんな状況もあって芭蕉の活躍は目覚ましく、俳壇的地位を確立しつつあった。延宝八年四月にまとめられた『桃青門弟独吟二十歌仙』はその最初の記念碑的な作品である。

ところが、芭蕉はこの年の冬に深川に隠棲。談林俳諧と袂を分かち、俳諧宗匠の看板を下ろしてしまう。俳諧宗匠の主要な収入源が、会席での指導や作品の添削であったことを考えると、大きな決断である。しかし、活況を呈していた談林俳諧も次第にマンネリズムに陥り、延宝末年には翳りが見えていたのである。その結果、天和二（一六八二）年に談林俳諧の大御所であった西山宗因が亡くなると、全国の俳壇は急速に衰えて行った。

こういう時代背景の中で、芭蕉は深川を拠点に蕉風俳諧の樹立に向かって一途に突き進んでいったのである。江戸に大火が起こって類焼し、流寓の旅を強いられた時期もあったが、『野ざらし紀行』の旅をはじめ、『おくのほそ道』の旅に至るまで、芭蕉はここから出発したのであった。

前書で深める読み

江東　深川

芭蕉庵桃青は留守水の秋　　秋篠光広（『心月』平28）

前書に「江東　深川」とあるので、この句の「芭蕉庵」は深川の「芭蕉庵」を指すとわかる。現在は芭蕉庵跡と伝えられている場所に、芭蕉稲荷神社という小さな社があるだけだが、近くに江東区芭蕉記念館が建っていて、当時を偲ぶことができる。

さて、「芭蕉庵」という名前は、門人李下が一株の芭蕉を贈ったことによる。天和元年の春のことだった。それが夏には青々と茂ったことから草庵の名物となり、人々に「芭蕉の庵」と呼ばれるようになった。そこで、芭蕉は「芭蕉庵」を庵号とし、俳号も慣れ親しんだ「桃青」を第一の号としつつ、第二の号として「芭蕉」を用いるようになったのである。

掲出句の「芭蕉庵桃青」という表現には、深川に移り住むことで世俗の名利と縁を切り、新たな境地を目指した芭蕉への深い敬意が込められているのである。そして、一句の眼目は「芭蕉庵桃青」を「留守」と捉えている点にある。

当然のことながら、「留守」とは不在であるということだ。芭蕉が最後の旅に出たのは元禄七（一六九四）年の五月だった。そのまま十月十二日に大坂で命を落とすのだが、以来、芭蕉は永遠に旅に身を置いているのであり、その存在は今も、これからも決して失われないということだ。それほど芭蕉の存在は大きく、不滅であるということなのだ。

当時の旅に舟は欠かせない。旅に身を置く芭蕉を乗せた舟は、今も澄んだ水の上にあるのだ。掲出句の季語は「秋の水」ではなく「水の秋」である。水という水が澄み渡る爽涼たる季節は、芭蕉の高い志をも思わせる。

この句の「留守」という言葉は、深川の芭蕉庵でなければ生きない。前書は一句の説明ではなく、前書という方法を最大限に生かしての作品なのである。

「芭蕉庵桃青」を「留守」と捉えたとき、その空白に「水の秋」はもっとも美しく染み渡る。

平泉　中尊寺
降る雪の手の淋しさに鈴買へり　光広

句集『心月』は五十年余の句歴をもつ秋篠氏の第一句集である。しかも、一頁に一句。四季別の配列で合計一〇〇句という厳選句集である。秋篠氏は昭和五十八（一九八三）年に角川俳句賞を受賞されているので、それだけでも五〇句はあるわけだから、いかに厳しい句集かということがわかる。

ところで、これだけの厳選句集に前書の付いた句が三一句ある。前書は多くの場合、句の説明になり、句を補う働きをするので一句の独立性を損なうものとされてきた。しかし、この句集を読むと、前書が絶妙に効果をあげていることに気が付く。前掲の句もそうだったが、掲出句もそうだ。

この句には「平泉　中尊寺」という前書が付いている。中尊寺は解説するまでもなく、奥州藤原氏三代の縁の寺院であり、とりわけ金色堂は平安時代の美術工芸の粋を結集した荘厳な建物である。そして、作者にとって大切なことは、ここは西行や芭蕉が訪れた歌枕であるということだ。芭蕉が『おくのほそ道』でこの地にやって来たのは夏だったが、作者が訪れたのは冬、それも雪の降る日だった。雪の金色堂という美の極みに触れて、人の営為とは一体何なのかと問うたのだろう。この句が優れているのは、それを我が身に引き寄せて「手の淋しさ」として表現していることだ。降る雪の中に美しい音色を響かせる「鈴」は、金色堂を見て来た作者の心の余韻のように思える。

この句は前書が無くても成立するが、前書があることで読みを深めることができる。前書が無いことが良いのではなく、前書を見事に生かすことこそ難しいということだ。

季語の先に見えるもの

母もまた母恋ふるうた赤とんぼ　　髙田　正子

（『青麗』平26）

髙田正子氏の『青麗』は十年間の成果をまとめた第三句集。「あとがき」に「過ぎてみれば早い十年ですが、この間長く病んだ母を送り、実家を仕舞い、父には関東圏へ移って来てもらいました。それは私自身がふるさとを失うことでもありました。今、遠きにありて思うふるさとは、青く麗しいです」と書かれている。

母上が亡くなられた時の作品は、「命終へたる母と」という前書を付して〈なつかしき山ふところへ月の道〉と詠まれているのだが、その直前に置かれているのが掲出句である。

この句は、作者が母を恋うように、母もまた母を恋い慕っているという内容を詠んでいるのだが、それを「母恋ふるうた」として表現したことで、作者個人の思いを超えて普遍性を得た。下五に置かれた「赤とんぼ」の効果である。「赤とんぼ」は季語であると同時に、童謡「赤とんぼ」をイメージさせるからだ。

童謡「赤とんぼ」は三木露風が大正十年に発表した作品で、昭和二年に山田耕筰がメロディーを付けたことで広まっていった。誰もが知っている不朽の名曲である。この童謡には現実の時間と、懐かしい故郷で過ごした幼いころの思い出が二重写しになっている。夕焼の赤とんぼは、いわば郷愁をイメージ化した表現といえる。

掲出句もまた、現実の「赤とんぼ」の彼方に懐かしい母郷の赤とんぼを見つめている。しかも、母と娘の二人の時間が重ねられているのである。病床の母に捧げる無類の一句である。

私はこの句と、もう一句〈父に湯たんぽ父に家捨てさせて〉を一対にして愛唱している。父に毎夜、温かい「湯たんぽ」を準備するためには、父に家を捨ててもらうより他なかったのである。その心の傷みが「湯たんぽ」の温もりとともに伝わる。

鉾の稚児雨の袂を重ねけり　　正子

『青麗』第三章は「祇園祭行」という題で、祇園祭をテーマとする二八句によって構成されている。しかも、十年間、毎年祇園祭の句が詠まれているのである。冒頭に「かつて子連れ吟行を重ね仲間と、毎年七月、京に逢ふ」と書かれている。掲出句は平成十八年に詠まれた。

平成二十六年に大船鉾が復活して、祇園祭は前祭《さきまつり》と後祭《あとまつり》によって構成されるようになった。これが本来の形である。しかし、この句が詠まれたのは平成十八年であるから、山鉾の巡行は七月十七日一日限りで壮麗を極めていた。ところが、この年は巡行の日に雨が降ってしまったのである。私もまた四条河原町で、雨の中の辻回《つじまわ》しを見ていた。

巡行の先頭を行くのは長刀《なぎなた》鉾であり、長刀鉾にだけ生稚児《いきちご》が乗っている。稚児は神の化身であり、美麗な冠を被り、絢爛たる衣裳を身に纏っている。その稚児が四条通に張り渡された注連縄を、鉾の上から身を乗り出して、一刀のもとに断ち切ることで巡行はスタートする。いわば祭を司る神なのである。従って、降り込む雨などものともしない、堂々たる風格を保っている。

この句が「雨に袂を重ねけり」だったら雨が降ってしまったことを惜しむ気持ちが強くなる。しかし、「雨の袂を重ねけり」という表現には、雨など意に介さない、稚児の気概と気品が感じられるのである。

銀の日のあと金の月泉鳴る　　正子

万緑の中に滾々と湧き出る冷たく澄んだ水を、太陽や月といった天の運行と組み合わせて詠んだ句で、スケールが大きい。夏の「泉」ほど清涼感に溢れたものはなく、命の再生をもイメージさせる。

同じような構図を持つ先行句として、桂信子の〈冬滝の真上日のあと月通る〉があるが味わいが違う。掲出句は「銀」と「金」を組み合わせたことで、「泉」に煌めきがもたらされた。太陽そのものが「銀」であり、「月」そのものが「金」であると同時に、その光を反射する「泉」が昼は銀色に、夜は金色に輝くのである。それは、天上と地が呼応するような輝きであり、小さな「泉」に、太陽や月が宿っているような神秘的な美しさである。

また、下五が「泉鳴る」と結ばれていることで、逆に静寂の世界を描くことに成功した。

さらに、「銀の日」と「金の月」を一対のものとして捉えた結果、動詞を排することができた。俳句の型を生かしてシンプルに詠んだ結果、神々しいような「泉」が描出されたのである。

対象を凝視する

生誕一五〇年を記念して、東京国立近代美術館で開かれていた横山大観の回顧展が終了した。篝火に山桜と松が浮かび上がる「夜桜」や、紅葉の朱にプラチナの切箔をあしらった〈紅葉〉など、豪華絢爛たる作品に圧倒される一方、「洛中洛外雨十題」といった雨をテーマとする作品などを面白く見た。

「洛中洛外雨十題」が描かれたのは大正八年、大観五十一歳の時で、「辰巳橋夜雨」や「三条大橋雨」「宇治川雷雨」など、季節や時間によって雨を描き分けている。いずれも雨脚を線で描くことなく、墨のぼかしによって雨の強弱を描いているのが特徴で、止むことなく降り続く雨や、叩きつけるような雨が走り去る様子など、雨音が聞こえてきそうな臨場感だった。そこで、俳句には雨に関する季語がたくさんあるが、これを詠み分けることの難しさを思った。

大観は東京美術学校で学んでいたころ、先生であった橋本雅邦から、古名画を模写する時は何日もただ絵を観察し続け、脳裏に焼き付けてから筆をとるように教えられたという。名画の表面を写し取るのではなく、絵の構造や作品の根底にある精神まで学ぶためである。写生の意味を考えさせられるエピソードである。

描写の力で伝わる光景

鳥の恋梢をともに移りつつ　岩田　由美（『雲なつかし』平29）

ことさらなことは何も言っていないが、作者の描写力を遺憾なく発揮した句である。こういう作品こそ、意味を読み取るのではなく、光景を鮮明に思い浮かべたい。

「鳥の恋」は季語としてはよく用いられるが、多くの場合取り合わせで詠まれる。主季語が「鳥つるむ」であることからわかるように、一物《いちぶつ》では詠みにくい。具体的な描写はややもすると説明になり、また過剰になりがちだからである。

掲出句は、「鳥の恋」そのものを詠みながら無理がなく、正確なデッサンによって対象の動きが捉えられている。まず、上五に置かれた季語から「ともに」枝を移っているのが雌雄の鳥であることがわかる。大抵、雄が美しい鳴き声や目立つ仕草で雌の気を引き、様子をうかがいつつ誘いかける。この段階で気に入らなければ雌はさっさと飛び去るが、関心があると留まって鳴き交わしたりする。

掲出句が捉えているのは、この次の段階で、雄の動きに連動するように雌が付き従ってゆく様子だ。こうして、距離が縮まってゆく。恋の駆け引きさながら、誘いつ誘われつという様子を捉えたのがこの句である。

加えて、圧巻は下五の「つつ」で、例えば「移りけり」では映像にならない。連続性が失われるので、鳥たちの微妙な動きが見えないのである。これほど平明に、正確に、「鳥の恋」のある瞬間を捉えた句は見たことがない。

燕よく見ゆる窓辺に手術待つ　由美

一句の内容から考えて、作者は病院に入院していて、様々な検査も終わり、あとは「手術」を待つばかりという状況であることがわかる。しかも、病室は高階で「燕」の飛翔がよく見えている。燕たちは伸びやかに春の空を飛び交っているのだろう。

平明な句で、光景もよく見えるから読み過ごしてしまいそうだが、この句において「燕」は動かない。たまたま「窓辺」から見えていたものを捉えたのではなく、作者は「燕」を凝視しているのである。

燕の飛来は三月下旬から四月の初旬、小・中学生たちにとっては卒業や入学など、新しい生活の始まる活気に満ちた季節である。そんな明るい季節に、海を越えてやってきた燕たちの姿は、生命力に満ちた輝きを放っている。そして、燕たちも巣作りに励み子育てが始まる。しかし、一方で燕たちは厳しい現実を生きている。燕は昆虫食でカゲロウなどの羽虫しか捕食しないが、烏など天敵が多く、平均寿命は一・五年と非常に短い。その上、渡りは過酷で、翌年日本に戻って来るのは一二パーセント位だという。

当然のことながら、作者は手術を無事に終えて、元気で家族の元に帰らねばならないと強く思っている。そんな作者は、「燕」たちの逞しい生命力にただ励まされているだけではない。懸命に生きる「燕」たちに深く心を通わせ、共に力強く生きてゆかねばならないことを実感しているのである。

救急車夜の向日葵照らしたる　由美

岩田由美氏の作品はことさらな題材を詠むことが無く、写生の確かさによって、日常を新鮮に捉えた句が多い。そういう意味で、この句はやや異質かもしれない。しかし、「救急車」と「夜の向日葵」というインパクトの強い題材を組み合わせつつ、詠みぶりは静かで見せ場を作る演出もない。

この句は、「救急車」が通り過ぎたのか、停車しているのかで風景が大きく異なる。「照らしたる」とあるだけだから、どちらの読みも可能だが、止まっていると読む方が「向日葵」の効果は大きい。

どういう事情で救急車がやって来たかは不明だが、急病か怪我か、何か救助の必要な事態が起こっているのである。救急隊の人々が駆けつけて、応急処置をしているのだろう。その様子は見えていない。ただ、停車中の救急車のライトが、点滅しつつ向日葵を照らし出しているのである。闇の中に浮かび上がる向日葵が不気味だ。

向日葵は夏を象徴する花であり、太陽がよく似合う。名前も色も咲きぶりも健康そのもので、翳りを持たない。そんな向日葵のイメージを反転させたのが掲出句である。

救急車に照らし出される向日葵が、尋常ではないことが起こっていることを知らせて、静かに怖い一句なのである。

目に見えないものを捉える力

一筋の冷気となりて蛇すすむ　山本　一歩

（『谺』平29）

句集『谺』を代表する一句で、帯の自選一〇句にも引かれている。一読、景の見える句であるがあえて鑑賞してみたい。

突然、蛇に出合った時、多くの人が感じる体が硬直するような緊張感や一瞬凍り付くような恐怖心を、「蛇」そのものの姿として捉えた句で、「冷気」の一語がよく働いている。「冷気」を感じているのは人間のほうだが、それを蛇の属性として表現している。「冷気」は冷たい空気であるから見えないが、それを「蛇」という見えるものとして表現したのである。しかも、冷気を「一筋」と形容したことで、蛇の全長がよく見える。

また、掲出句は比喩法を用いた句である。比喩には直喩法と隠喩法があるが、この句は隠喩法を使っている。これを直喩法にすると「冷気のごとく」「冷気のやうに」となってわかりやすい。では、この句が「一筋の冷気のごとく蛇すすむ」だったらどうだろう。意味はよくわかるが説明的で、「冷気」という言葉が鋭さを失ってしまう。俳句表現の技法として比喩法は一般的だが、直喩・隠喩のどちらを使うかが一句を決定する。「一筋の冷気」になれる生き物は「蛇」以外には無い。音読すると、辺りを払う気迫のようなものまで感じ取れる。

掲出句が成功したのは、隠喩によって対象の本質を描き切ったからである。

ふるさとの山が支へて天の川　一歩

山本一歩氏の故郷は岩手県大迫町、現在の花巻市である。花巻といえば宮沢賢治の故郷。一歩氏が同郷の賢治を敬愛してやまないであろうことは容易に想像できる。掲出句の「ふるさとの山」は、大きくは岩手県を貫く奥羽山脈や北方の山々だろうが、具体的には岩手県の最高峰である岩手山や、賢治が愛した早池峰山などがイメージされる。

掲出句は、天の川を山が支えるという発想そのものが大胆で類を見ないが、こういう発想を生み出せるのが岩手の風土だろう。ちなみに、私の故郷は京都だが、京都盆地を囲むなだらかな山々では天の川は支えられない。高々と聳える山脈と深い闇、そして、秋の澄みきった大気があってこそ天の川が支えられる。まるで「ふるさとの山」と「天の川」が交歓しているような句で、壮大な時空に身を置くようなスケールの大きさだ。

さらに、『銀河鉄道の夜』に代表される宮沢賢治の宇宙観が、もう一つの天の川を見せてくれる。「星めぐりの歌」が聞こえてきそうな幻想的な世界だ。

平明な作品だが、根ざしているところが深い。産土への深い愛情が生み出した一句なのである。

猟犬の小屋の真つ暗雪が降る　一歩

降りしきる雪の中に「猟犬の小屋」が見えている。「真つ暗」な小屋の中で、犬がぐっすり眠っているのだろう。早朝から猟師とともに山野に分け入って、獲物を追い求めていたであろう様子が思われる。

猟期は、一般的には十一月十五日から翌年の二月十五日と決まっている。狩猟は鴨や雁などを撃つ鳥撃ちと、猪や鹿などを撃つ猪撃ちに分けられるが、この句の雪や闇がイメージさせるのは猪撃ちである。猪撃ちに使うのは紀州犬や甲斐犬のような、利口で忍耐強く、勇敢で気性の荒い日本犬だと聞いたことがある。彼らは怯《ひる》むことなく吠え立てて猪を追い詰めるのである。野性的で精悍な姿が見える。

しかし、この句が捉えているのは、体を張って生きる猟犬の孤独であるように思える。厳冬期の山野に分け入って、道無き道を駆け巡るのである。小屋の闇はそのまま殺生の世界に繋がっている。とてつもなく深く冷たく寂しい闇が、降り続ける雪の向こうにひっそりと存在しているように思える。

山本一歩氏は句集の「あとがき」に、平成二十三年から白杖を使うようになったと書いておられる。活字は何とか読むことができ、字も書けるが、視野が狭いので升目を埋めることが困難だという。俳句は見ることが基本なので、今後をどうするかという課題があるのだが、あとがきは次のように結ばれている。

「目に頼らない俳句がどういうものなのかわからないが、これからはそれを追求することになるのだろう。そこにまた、別の俳句が存在することを信じたい」。

私もまた、それを信じて一歩氏の今後の作品を読んでゆきたい。

いさぎよいということ

平成二十九年は角川源義生誕百年の年だった。『俳句』十月号では特集が組まれると同時に随筆集が付録として付けられた。その中に「抒情の問題―蕪村を契機とするものの否定」と題する一文があって深く心に残った。

私は若い人たちに「写実」の苦しみを経ることを望みたい。文学とは苦しみなのである。写実に徹して自ら、しみ出づる抒情が大切であった。それは「内に根ざして外にあらは」れてくるものである。黒人、家持（特に「うらうらに照れる春日に雲雀あがり心かなしも独りし念へば」の歌）、実朝、曙覧、赤彦らは叙景に徹して、内部生命に触れ、言いしれぬ抒情世界を実現した。それはきびしい習練と作家の文学態度である。

この文章の初出は昭和二十三年であるから、時代性ということを考慮せねばならないが、俳句における抒情性を考える上で示唆に富んでいる。抒情性を否定しているのではない。安易な抒情はどうしても独りよがりな独白になるのだという。「文学とは苦しみ」であるという言葉は、私たちに俳句に向き合う姿勢を問う。「厳しい習練を」という言葉を、むしろ激励の言葉として肝に銘じたい。

季語が広げる一句の世界

海流のぶつかる匂ひ帰り花　　櫂　未知子

（『カムイ』平29）

櫂未知子氏は北海道余市の出身である。句集の題名になった神威岬《かむいみさき》は生地から車でほど近い場所にある。氏は「神威岬の、あらゆる人間を拒むような壮麗なたたずまいを、いつか句集のタイトルに」と願っていたことを「あとがき」に書いている。前句集『蒙古斑』（平12）から十七年を経て編まれた厳選句集である。

この十七年は、作品を見つめ直す歳月でもあったと「あとがき」にあるが、それは同時に、産土の地と改めて出合うための歳月でもあっただろう。シャコタンブルーと呼ばれる真っ青な海に突き出す神威岬の圧倒的な存在感は、掲出句の「海流のぶつかる」迫力にも通じる。

北海道の釧路沖あたりでは、黒潮の分流と親潮（千島海流）がぶつかることで水塊が発生し、大きな潮目が現れるという。また、津軽海峡でも、白神岬沖は日本海を北上する流れと津軽海峡を東へ流れる複雑な海流が生じるために海上に白波が立つことが多い。掲出句の具体的な場所は不明だが、冬の強い季節風に煽られて大きくぶつかる潮のダイナミックなエネルギーが思われる。しかも、作者はそれを「匂ひ」として捉える。嗅覚で捉えることで、冷たく澄んだ濃い潮の匂いが、胸深く吸い込まれていく様がイメージされよう。大自然のもたらす強大な力を全身で感じ取る時の、官能的とも思える充足感が一句を包み込んでいる。

そこへさらに「帰り花」が配される。「帰り花」は春の花が、季節はずれの冬に花をつけること。しかし、ここで注意したいのは、「帰り花」は決して弱々しい花ではないということだ。花の種類は不明だが、たとえ楚々と咲く可憐な花でも、季節を違えて咲く花には芯の強さがある。「カムイ」はアイヌ語で「神」を意味する。掲出句においては、激しくぶつかる「海流」にも、ひそやかに咲く「帰り花」にも神の力が宿っているのである。

草市や生者の側の淡きこと　未知子

「草市」は、傍題に「盆市・盆の市」とあるように、盆の行事に用いる品々を売る市のことである。かつては陰暦七月十二日の日暮れから翌朝にかけて、盂蘭盆の魂棚に供える蓮の葉や茄子、鬼灯、切子燈籠や土器、膳の品々、門火に使う苧殻などが売られた。江戸時代前期にさかのぼる古い行事で、江戸でも上方でも同様の市が立った。

時代の変遷とともに草市も廃れつつあるが、例えば、八月七日から十日の四日間、京都の東山・六道珍皇寺の六道まいりに出る草市では、現在もなお水塔婆や魂棚に使う品々、高野槙や蓮の花などが売られる。人々はこれらの品々を買い揃えると共に、迎鐘を撞いて死者を迎えるのである。

掲出句は一読、観念的な句に思えるかもしれないが、捉えているのは夜の「草市」の実景である。簡素な板敷の台の上に盆の品々が並べられていて、そこに裸電球の明かりが落ちている。買い手の側は照らされているが、売っている人の後ろには濃い闇が広がる。「生者の側の淡きこと」という表現は、死者の側が濃い闇の中にあることを暗示する。同時に「淡きこと」という表現は、死は確かだが生は不確かで、あやふやなものでしかない事を思わせる。

盆用意の人々の賑わいの中で、夜の闇に浮かび上がる草市の品々が、そのことを実感させるのである。

なほ母をうしなひつづけ霧ぶすま　未知子

句集『カムイ』の最終章には、母の死をテーマとする作品が収められている。なかでも〈一瞬にしてみな遺品雲の峰〉はすでに代表作としてよく知られている。母を失う衝撃を「一瞬」という言葉で捉え、そこに力強い「雲の峰」を合わせることで、逆に作者の喪失感の深さを思わせる。しかし、死の衝撃というものはその後じわじわと深くなってゆく。そんな、母の死後の深まりゆく悲しみを捉えたのが、掲出句である。

この句の優れている点は、第一に、打ち出しに置かれた「なほ」という副詞の効果である。「なほ」には、「いよいよ・ますます・さらに」といった意味が籠められているが、常に現在進行中なのであって、作者は果てしなく「母」を失い続けることになる。第二に、手の届かない世界に去ってゆく母を、「霧ぶすま」の向こうに、次第に薄れてゆく姿としてイメージしていることである。この世に一人きりの、かけがえのない母という存在を失うことの意味や哀しみが、時の経過と共に埋めようのない空白として、深く実感されるのである。

妥協しない韻律

枯蓮の上に星座の組まれけり　村上　鞆彦　（『遅日の岸』平27）

『遅日の岸』は、村上鞆彦氏の第一句集である。第一句集は通常、師の序文や帯文を掲げて上梓されるのだが、この句集にはそれが無い。目次すらなく、平成九年に詠まれた〈暗算の途中風鈴鳴りにけり〉を冒頭の一句として始まる。「この人と思い定めて師事した鷲谷七菜子先生（あとがき）は断筆宣言をして俳壇を退き、その後「南風」を引き継いだ山上樹実雄氏も逝去されてしまったからだ。

この句集を出版した時、村上氏は三十五歳。津川絵理子氏とともに「南風」共同主宰としての活躍が始まっていた。私は句集に付されるはずだった幻の序文を思い、氏の潔さに瞠目した。

掲出句は平成十一年、十九歳の時に詠まれた作品である。

蓮は普通、蓮田や蓮池など広々としたところに育つので、冬の夜は「枯蓮」が荒涼たる闇を広げることになる。晩夏に咲き誇っていた大きな蓮の花は跡形も無く消え失せ、冷たい夜風が吹き抜けるたびに、葉を垂れた「枯蓮」が乾いた音を寒々しく響かせる。人を寄せ付けない、暗く寂しい風景だ。

しかし、天上には冬の「星座」が輝いている。冬の大三角をなすオリオン座のベテルギウスや、こいぬ座のプロキオン、おおいぬ座のシリウスなどが、寒風に研ぎ澄まされて際立つのである。掲出句では星は孤立したものではなく、「星座」として捉えられている。星と星を結ぶことで「星座」は生まれ、そこに神話がもたらされる。若々しい感性と、「枯蓮」の上に広がる「星座」が、こよなく美しい。

ガラス戸の遠き夜火事に触れにけり　　鞆彦

「火事と喧嘩は江戸の華」などと言われるが、「火事」が季語として成立したのは遅く、明治中期以後のようである。「火事見舞」という季語があるが、歳時記によれば、かつては知人や得意先が火事といえば遠近にかかわらずすぐに駆けつけるのが礼儀とされた。鎮火後は炊き出しなどをし、酒も持ち込まれた。また、農村などでは家が焼けたりした時は、集落の人々が木材や瓦を持ち寄って仮の家を建てる習わしがあったという。

掲出句は平成十八年に詠まれた句である。この句は眼前の火事ではなく、「遠き夜火事」を「ガラス戸」の冷たさを通して、手に「触れ」得るものとして詠んでいる点に新鮮さがある。ある夜、何台かの消防車がサイレンの音もけたたましく通り過ぎて行った。遠ざかる音から火事が直ぐ近くではないとわかったけれど、ガラス戸から、消防車の向かって行った方角を覗いてみたのである。その時、闇の中に赤々と燃えさかる炎やもうもうと立ち上る黒煙のことが思われたのだ。事実、遠く微かに煙が見えたのかも知れないが、それはどちらでも良い。

作者が実感をもって捉えているのは、現実の火事ではなく、凍てついた夜の「ガラス戸」の冷たさとして、手に感じ取っている「夜火事」である。しかも、「火事」に対して「触れ」るという表現が、やや甘やかで優しいだけに、下五に置いた「けり」のきっぱりとした響きが加わると、逆にどこか非情な句に思える。

現代社会は、歳時記の伝える「火事見舞」の心を失ってしまった。掲出句は、都会生活の孤独や、リアリティーの喪失などという在り来たりの言葉で摑むことのできない、ある心の翳りを、身体感覚を通して、実感として捉えているのである。

蟬の木のうしろ一切夕茜　　鞆彦

句集の掉尾に置かれた作品である。「あとがき」に「先生のご冥福を祈る思いを込めて、先生の訃報を受けた日に詠んだ一句を以てこの一巻を閉じることとした」と書かれている。先生とは、長く病床にあった山上樹実雄氏のことである。

一本の大樹に縋って、「蟬」たちが盛んに鳴いているのである。その、大樹のうしろには遮るものもなく、どこまでも「夕茜」だけが広がっている。沈みゆく大きな夏の夕日の余光である。

この作品は「蟬の木」と「夕茜」だけで一句を描き切っている。単純なようだが、「蟬の木」という表現にも、「一切」という言葉にも妥協を許さない厳しさがあって、一句にみなぎる調べが気品と神々しさを生み出している。そして、先生への追悼句は、作者にとっての『遅日の岸』時代の終わりをも意味している。

断念のさきに見える世界

平成二十九年の十五夜は十月四日で、秋も深まっての観月となった。虫の音も淋しいものになっているだろう。十三夜は十一月一日だから立冬も間近い。

月は『万葉集』の時代から、額田王はじめ多くの歌人によって詠まれてきた。しかし、季が秋と定まったのは後の時代のことである。『古今集』は四季別に和歌を分類しているが、そこに入っている月の歌を見ても、月を秋のものとして単独で扱っている歌はない。例えば、「百人一首」にも入っている、〈月見れば千々にものこそ悲しけれわが身ひとつの秋にはあらねど　大江千里〉も秋との組み合わせだ。『古今集』では、月が単独で用いられた和歌は、雑歌に分類されている。

月が秋と定まったのは、『古今集』から約二〇〇年後の『金葉集』に至ってからのことだった。『金葉集』には「秋の夜の月」など、秋と組み合わせて月を詠んだ歌もあるが、月を独立させて題詠で詠んだ歌も多い。ここに至って、ようやく「月」は秋のものとなったのである。

芭蕉には月の句が多い。とりわけ、元禄元年（一六八八）八月十一日、更級《さらしな》に名月を愛でるべく、芭蕉が越人を伴って岐阜を出発したときのことが印象深い。更級に着いたのは十五日の夜、〈俤《おもかげ》や姨《うば》ひとりなく月の友〉の名句を得たのである。

孤高から生まれる気品

断崖をもつて果てたる花野かな　　片山由美子

（『香雨』平24）

「花野」は秋の地理を代表する美しい季語で、萩や撫子、女郎花などの秋の七草をはじめ、桔梗や松虫草、吾亦紅などが咲き乱れる野がイメージされる。明るく澄んだ秋の日差しと、光を縫うように飛ぶ秋の蝶、ひっそりと聞こえる虫の音なども思われて、華やかでありながら、どこか淋しさを秘めている。それは、秋という季節が、やがて衰退へ向かってゆくからである。秋の野はさまざまな秋草が咲き乱れる野として認識されてきた。「花野」という言葉が和歌に用いられるようになるのは、『玉葉集』以降、鎌倉時代後期なのである。

句集『香雨』には、平成十六年から二十三年までの八年間の作品が創作年順に収められている。この句は平成十六年に詠まれた作品で、発表当時から評価が高かった。作者の代表句と言うべき一句で、すでに評価が定まってはいるが、改めて鑑賞してみたい。

冒頭にも書いたように、「花野」という季語には華やかさと淋しさが共存している。掲出句は、その相反する要素を捉えることで、「花野」の時空を描いている。どこまでも続くかに見える「花野」が、じつは「断崖」によって大きく切断されているという無惨。「断崖」という言葉はある高さをイメージさせ、その切り立つ高さが、「果て」ざるを得ない「花野」の現実を強く認識させるのである。「断崖」のもたらす「断念」によって、「花野」はいっそう美しくなる。しかも、「断崖」は「花野」の先に広がっている明るい秋の海を想像させる力も持っている。

また、この句は、可憐な花の咲き乱れる眼前の「花野」が、やがては枯野になることをも捉えている。「断崖」という言葉の中に、空間的にも時間的にも、決して抗うことのできない自然の摂理が捉えられているのである。

この句が「断崖によつて果てたる花野かな」だったらどうだろう。「～によつて」という表現は、「果てる」ことの単なる理由の説明に終わり、有無を言わさぬ厳しさが無くなる。切り立つ「断崖」などまったく見えてこない。「～をもつて」という表現は、現実を突きつける鋭さを生み出しているのだ。

口に笛はこぶに作法月の雨　由美子

雨が降って名月が見えないことを「雨月」というが、その傍題に「雨の月」「月の雨」がある。名月の夜、月の宴ともいうべき管弦の集いが準備されていたのだろう。月を迎えるべく芒や萩、秋の草花が彩りよく生けられ、月見団子が美しく供えられている光景が見える。しかし、雨が降ってしまったのである。

掲出句の「笛」が、どのような場面で吹かれるのかは不明である。単独で吹かれるのか、他の楽器とともに演奏されるのかは、読者の想像に委ねられている。捉えられているのは「笛」を吹く時の「作法」である。楽器を口に当てるという、それだけの所作に一定の手順があり、それを自然な身のこなしで行うことで、洗練された型になるのである。中七に置かれた「に」の効果で、笛を構えている人の静かな気魄が感じられる。

雨に隠れている月を恋い、雨音の中で「笛」を聴くのも一興。「作法」の作り出す優雅な間合いと品格が、「月の雨」を生かしているのである。

照らし合ふことなき星や星月夜　由美子

句集の最終章に収められている一句。最終章には〈冬空と地球いづれか藍深き〉という作品もあって、それぞれ一句の背景に果てしない宇宙空間の広がりが感じられる。

私たちが「星月夜」として眺めている星には、太陽の光を反射して輝く木星や土星のような星と、自ら光っている恒星があり、それらが広大な宇宙に散らばっている。肉眼で見ることのできる星は六等星以上の星で、約八六〇〇個。北半球に住む私たちが見ることのできる星の数は半数の四三〇〇個くらいだというが、銀河系にはおよそ二〇〇〇億個の星が存在し、宇宙には銀河が一〇〇〇億以上も存在するというのだから、宇宙の広さは想像もつかない。

作者は「星月夜」と呼べるような満天の星を見上げて、その美しさに心を奪われながら、それらの星が互いを照らし合うことがないことに気付いたのである。宇宙の深い闇の中で、星たちはただ青く、赤く、あるいは白く瞬いているだけなのである。その輝きは、やがて燃え尽き、失われる。無窮の宇宙に鏤められているかに見える星たちは、広大な宇宙に投げ出され、束の間を輝く孤独な存在なのである。

厳選された詩のことば

白芒天の鳴弦かすかにも　　齋藤愼爾

（『陸沈』平28）

句集『陸沈』は九章からなり、章ごとに一つのテーマにまとめられ完結している。掲出句は「偈」に収められた作品で四〇句からなる。本来なら、テーマに添って鑑賞すべきなのだが、別の視点で鑑賞してみたい。『陸沈』には、ある限られた言葉が多用されていて、それらが象徴的な意味を持っているからである。

この点について、『陸沈』の栞「〈喪郷〉の眼差し」で、武良竜彦氏は次のように述べている。

表層的な流通言語、時事的な用語を徹底的に排除し、魂の原風景ともいうべき螢・雁・蛇・狐火・芒・籾・雛など厳選された語群だけを用い、命を原初的な荒野の直中に置く俳句が展開されている。

他にもキーワードと呼べる言葉がたくさんあるが、ここでは「芒」に注目したい。『陸沈』に収められている「芒」を詠んだ句を抜き出すと次のようになる。

夭折に憧れ芒かんざしす　「名残りの世」
昏かりき芒てふ字のなかの亡　「失蝶記」

白芒瓦礫にまたも戻る吾れ　「飛島」
死を化粧して白芒白芒　「中世」
遊びをせんと生まれ芒かんざしす
衣擦れの音曳きてをり夜の芒

こうして並べると、「芒」が死との関わりを表す記号として用いられていることがわかる。これらの句に描かれているのは作者の心象風景だ。広大無辺な芒原に身を投じて、晩秋の風にうねる芒原に呑み込まれそうになりながら、進むべき方向を喪失し、死を夢想しているような人物が見える。芒は滅びの光をたたえて、どこまでも波打つ。頭に翳した「芒かんざし」は、漂泊する魂、あるいは心の傾《かぶ》きを象徴しているように思える。「芒かんざし」なしでは生き得ない息苦しさや、閉塞感、孤独。滅びや逸脱、死を志向するとき、「白芒」は聖なるものとして風に揺らぎ、死を荘厳する。

掲出句は、「芒」を詠んだこれら一連の作品の中で、少し異質だ。「鳴弦」とは弓の弦を鳴らすことだが、ここでは、弓の弦を鳴らして妖魔を祓う古いまじないを意味している。風に撓める「白芒」を、弓に見立てたのだろう。「かすか」に、妖魔調伏の音が聞こえるのである。「鳴弦」によって妖魔が祓われ、「白芒」に宿る強い生命力が目を覚ましてゆくかのごとき一句である。

天心に木片の泛く雁供養　愼爾

「雁供養」は「雁風呂」の傍題で、江戸時代の季寄せなどにも記されている。伝説に基づく古い季語で、『栞草』（嘉永四年＝一八五一）には次のように記されている。

秋雁の渡る時、小き木をくはへ来る。是を海上に浮べ、其上にて羽の労《つかれ》を休む。其木を南部外ヶ浜辺に落しおき、又春、その木をくはへ帰るに、残れる木多くあるは、人に捕《と》られ、又は死せし雁のあれば也。故に其木を拾ひ、供養の為に風呂を焚《たき》て諸人に浴《ゆあみ》せしむと云。

「外ヶ浜」は、津軽の竜飛岬にあるとされている。遠く北方から秋に飛来する雁たちを迎え、春、無事を祈って見送る土地の人々の素朴で優しい心情がよく伝わる。こんな哀愁を帯びた美しい伝説が季語になっていることも、俳句の魅力の一つである。

「芒」の句で述べたように、「雁」もまた作者の作品を読み解くためのキーワードである。前述の伝説を背景に、一句の描いている世界を想像すると、雁たちが啣えてきた「木片」が、中天に浮いているのが見える。浮いているのは、持ち主を失った「木片」である。持ち主のもとに還ることもなく、拾われて供養されることもなく、行き場を失って中天に浮いている一本の「木片」。持ち主だった雁は人間の餌食になったのかもしれないし、死んでしまったのかもしれない。古来、「雁」は彼岸と此岸を往還することのできる霊鳥として崇められてきた。作者にとって、雁は前世と来世をも往還する鳥なのだろう。そんな霊力を持った主を失った「木片」が、墓標となって中天に浮いているのである。

季語への思いをより深く

『今井杏太郎全句集』（平30）が有志によって七回忌をきっかけに刊行された。生前刊行された五冊の句集と、それ以後の作品に加えて、随筆・俳論・自句自解などが付されている。

随筆に「俳句開眼の一句」と題する文章（『俳句』平17・2）があって、〈田舟より盆燈籠の下ろさるる〉が掲げられている。「鶴」に入会して十年を経て、初めて石塚友二選の巻頭を得た中の一句だという。当時「鶴」の仲間に祝福された句だというが、見事な写生句で、「盆」の季語に人々の生活が写し取られている。

ところで、この句に添えられた文章が面白い。近頃は老化現象で近眼の右眼が眼鏡を掛けなくてもよく見えるようになり、左眼は白内障が加わってぼんやりしているのだと断ったうえで、

そこで、物をじっと見る時は右眼、ぼんやりと見たい時は左眼、と使い分けるようになった。それ以来、俳句の風景を見る時には、意図的に、ぼんやりと見える左眼を使うようにしている。

と言う。開眼の句は凝視の句。そこから、朦朧体と呼ばれる、後年の独特の表現技法がどのよ

うにして生まれたのか、全句集を辿ってみたい。

季語の真価が発揮されるとき

雪たんとたもれとうたふ葩《は》煎《ぜ》袋《ぶくろ》　大石悦子　（『有情』平24）

「葩煎袋」は珍しい季語だが、角川書店の『図説俳句大歳時記』、および『角川俳句大歳時記』の新年の部に立項されている。主季語は「葩煎」で、傍題に米花・葩煎売・葩煎袋とある。「葩煎」は「爆」の当て字。「葩」に、平たい白い花びらという意味があることから、煎った白い花びらという意味。「葩煎」は糯米を炒ってはぜさせたものをいう。

『図説俳句大歳時記』によれば、昔、江戸では葩煎を盛ったものを年賀客に出して、形だけでも取らせるのが礼であったという。さらに古くは元日に葩煎を家の中にまいたという説もあり、豊年の予祝と考えられるとのこと。いずれにせよ、江戸の正月に「葩煎」は欠かせないもので、「葩煎売」の姿は初春ののどかな景物であった。しかし、いつの間にかすたれ、天明期ごろを境に見られなくなったという。天明期の俳人、蝶夢に〈葩煎うりに付てまはるや町の鹿〉という句がある。

大石氏は、宇多喜代子氏らとともに古季語の実作に携わっていた人だが、宇多氏の『古季語と遊ぶ』（角川選書・平19）に「葩煎」は入っていない。

掲出句は、「葩煎袋」からの発想で詠まれたのかもしれない。本来「雪」は豊年の予祝で目出度いものだ。しかし、「雪よ降れ降れ」ということを、「雪たんとたもれ」と表現すると、童唄のようで言葉のもつ懐かしい味わいが生きる。しかも、調べの美しさによって、言霊としての力が発揮されるように思える。「芭煎袋」という季語から、正月の原風景を再現して見せたような句である。

どこで遇つた魑だつたか雁来紅《かまつか》　悦子

「魑」は、平安時代中期の辞書『和名類聚抄』には「すだま」という和名の鬼の一種であると書かれている。「魑魅魍魎《ちみもうりよう》」と四字熟語にして使われることが多いが、「魑魅《ちみ》」は山林の異気から生ずる怪物のことをいう。顔は人間、体は獣の姿で人を迷わせる。「魍魎《もうりよう》」は山川の精、木石の怪のことで人をだます。死者を食べるとも言われ、姿形は幼児に似ている。したがって、「魑魅魍魎」は山河すべてのさまざまなばけものという意味で使われることが多い。

掲出句の「魑」も、「魑魅魍魎」と理解してよいのだろう。作者が見覚えのある「魑」と再会し、「どこで遇つた魑だつたか」と記憶を辿っている、という場面を想像したい。「魑」を見抜くには、陰陽師さながら、それ相応の霊力がなくてはならず、「魑」と渡り合える呪力が必要である。「魑」は「雁来紅」に紛れて、その一本に成りすましているのか、「雁来紅」の群生しているあたりで、ふと「魑」の気配を感じ取ったのか。どちらにしても、赤々と炎を翳しているような、妖しい「雁来紅」ならではの作品で、句に妖気が立ち籠めている。

音読すると、「どこで」「すだま」「だつた」と濁音が続くうえに、「遇つた」「だつた」と促音便が重ねられ、さらには「カカマツカ」と畳みかける韻律で仕立てられているので、不気味さや凄みが感じられる。俳句としては異色とも思える題材だが、季語の効果によって、誰も描いたことのない世界を際立たせている。

寒林の樗《ちょ》櫟《れき》となりて鳥呼ばむ　悦子

「樗」は栴檀《せんだん》、「櫟」は櫟《くぬぎ》の木だが、これを熟語にすると、どちらも材にならない木であることから、無能の人、役に立たない人という意味になる。

つまり、作者は葉をすっかり落とした、寒々しい「寒林」の中の、とりわけ何の役にも立たない「樗櫟」になって、冬の鳥などを呼ぼう、と言っているのである。寂しいが、潔く清々しい作品である。

この句を繰り返し読んでいて、ふと唐木順三の『無用者の系譜』に登場する、「用なきもの」という言葉を思い出した。「身を用なきもの」に思いなして、東へと下ってゆく在原業平をはじめとして、芭蕉もまたそうであった。「無用者」であることの自覚は、詩人的な人生を選びとる者に不可欠と思える。芭蕉が、材としては役に立たず、風に破れやすい「芭蕉」を自らの俳号としたように、「寒林の樗櫟」に徹せねば、「鳥」たちは訪れてはくれない。

句集『有情』は、最後のページに〈綿虫と息合ひて世に後れけり〉の一句を置いている。この句では、「綿虫」は師の石田波郷を象徴していると思われる。波郷に出会い、俳句に魅せられ、世に後れをとってしまった、というのである。しかし、そこに作者の深く静かな自負もある。用なき者の系譜は、詩人の系譜である。

季語に籠もる地の力

木の根明き橅を曳き出す馬橇かな　　宮坂　静生
（『噴井』平28）

平成三十年五月、宮坂静生主宰の「岳」は創刊四十周年を迎え、軽井沢プリンスホテルで記念大会が開催された。その挨拶の中で、宮坂氏は『俳句歳時記　第五版』（角川ソフィア文庫）に「木の根明く」が新しく立項されたことを歓迎するとして、次のようなことを語った。

「木の根明く」「根明き」は春の喜びを表す季語であることはもちろんだ。しかし同時に、この世を支えているのは生者だけでなく、死者もまたこの世を支えている、という古代からの考え方にしたがえば、雪に閉ざされていた「根の国」、つまり死者の国が開くということには大きな喜びがある。

歳時記によれば、「木の根明く」とは、雪国で本格的な雪解の前に、山や森の木の根元から雪が解け始めることをいう。これは芽吹きを控えた木が水を吸い上げ、活動を始めるためで、橅《ぶな》や櫟の根元にドーナツ形にぽっかりと現れた地面が春を告げるのである。

以上の解説を読むと、掲出句がいかに「木の根明く」という季語を的確に捉え、早春の喜びを捉えているかよくわかる。「橅」はとりわけ保水力に優れた樹木だから、いち早く木の根元が明く。雪に閉ざされた森の中で、「橅」を伐り出して、馬橇《ばそり》に曳かせるのである。森と馬と人間が一体となって、春の活動を始めたような力強い一句である。早春の祝祭のように神々しい。その時、作者が述べているように、「根の国」も開いて、生者の世界に力を貸すのである。句集『噴井』の「あとがき」に、近年は「桜隠し」や「木の根明く」などの「地貌季語」が多くの俳人に親しまれているが、一つの地貌のことばのいのちが本当に理解されるには四十年はかかると感じていると書かれている。掲出句は、その実践の一句なのである。

旧石器以来こほろぎ黥《す》面《み》深き　静生

「黥面」という言葉から思い出すのは、『魏志倭人伝』の「男子無大小皆黥面文身」という記述だ。「黥面」は顔に入れ墨をすることで、「文身」は身体に入れ墨をすることをいう。邪馬台国の男たちは、顔にも身体にも入れ墨をしていると書かれているのである。

掲出句は、「こほろぎ」が深く「黥面」を入れているという発想が面白い。それが顔の入れ墨だとわかると、なおさらだ。「こほろぎ」には種類が多いが、例えばもっとも大型のエンマコオロギの顔を正面から見ると、艶やかな群青色の頭部に、金色の筋が横に太く走っていて、確かに入れ墨のように思える。

人は打製石器を使って、狩猟生活を始めたころから進化し、文明を持つに至ったが、こおろぎは進化などすることなく「黥面深き」まま、生き死にを繰り返している。作者は、むしろそのような単純であるかに見える小さな命の営みに、強靭な生命力を見ているのだ。

旧石器以来、高度に築かれた人間の社会と、そのようなものとはまったく無縁なこおろぎたちの世界。邪馬台国の男たちが「黥面」をしていたように、「黥面」は野蛮の象徴のように思えるが、むしろ土俗的な力の象徴とも言える。ふてぶてしくも魂の据わった「こほろぎ」の面構えが、美しいものに思える。

枯山中つぎつぎ光孵りけり　静生

「天草　五句」と前書の付された作品の第三句である。

第一句は〈立冬の天草の灯の禱《いの》りなす〉という静謐な句で、深い禱りを冬という季節がいっそう清潔感に満ちたものにしている。続く第二句は〈冬の鴻一と日一と日がわが踏絵〉で、天草の苦難の歴史を思いつつ、己に課された踏絵が見えているのである。第四句は〈天主堂内は海原初鯨〉で、天主堂を海原と捉えて幻想的。海原の中に、その冬初めて捕獲される鯨がイメージされている。そして第五句は〈梟の老いては眼あてにせず〉で、見えているものに頼らない、あるいは見えているものを信用しない老いの知恵を捉えている。

この中にあって、もっとも寡黙に天草を詠んでいるのが掲出句である。枯れ果てたものが生み出す「光」を、光が孵ると捉えて、神々しいばかりだ。敬虔な禱りの思いがなければこんな清浄な句は生まれない。

「天草　五句」は完成度の高い旅吟だが、これは、天草の歴史と風土、そして人々がもたらしたもののように思える。宮坂氏は「あとがき」に「風景との出会いは人との出会いによる。心が風景に浸透して初めて一句が顕ち上がる」と書いている。「天草　五句」はまさに、そういう五句である。

命をことほぐ

新春を晴れやかに言祝ぐ門付芸には、万歳をはじめ春駒・大黒舞・鳥追・舞舞《まいまい》・ちょろ・傀儡師など多くの種類があって古くから各地に伝承されて来た。これらはすべて新年の季語である。

しかし、万歳以外の芸能はすでに廃絶、あるいは衰退してしまったようだ。ここには日本の芸能の源流が息づいていたはずであり、時代の変遷と言ってしまえばそれまでだが惜しいことだ。それでも、これらがかろうじて歳時記に季語として収載されていることで、その片鱗を窺うことができる。

なかでも万歳は、最も古い芸能。歳時記には室町時代のころから千秋万歳《せんずまんざい》と名のる芸人が、正月を迎えると宮廷や幕府に参入して祝福のわざを演じたとある。芭蕉にも〈山里は万歳遅し梅の花〉の句があるように、正月には欠かせないものであったようだ。

現在、万歳はいくつか伝承されているが、とりわけ愛知県の三河万歳と尾張万歳（尾張知多万歳）が有名で、共に重要無形民俗文化財。三河万歳は徳川将軍家が三河の領主であった縁で、正月の吉例として江戸城に参入したほか、諸大名をも訪問。一方、尾張万歳は主に庶民的な芸風で、農閑期の農民たちが伊勢・紀伊・遠江・木曽などを巡り、栄えたという。

慈しみの心を読む

一島をあげて万歳もてなせり　茨木　和生　（『熊樫』平28）

　新年、海を渡って「万歳」がやって来るという明るく晴れやかな句である。尾張万歳の本拠地は三河湾を包み込んでいる知多半島だから、この「島」にやって来るのは尾張万歳かもしれない。

　万歳がやって来るのは新正月から旧正月の間である。長年の間に訪問先は決まっていて、突然どこかの家を訪れることはない。新しい年に、今年も万歳を迎えられたという喜びは大きいだろう。「一島をあげて」「もてなせり」という言葉に、島中の人々が温かく歓待する様子が見える。

　万歳にはいろいろな種類があるが、門付の場合は、烏帽子に素袍を着て扇を持った太夫と、大黒頭巾をかぶって鼓を持った才蔵が、玄関先などで賑々しく唄う。文句は正月らしい目出度い祝詞を連ねたもので、太夫は扇をひらひらと遣いつつ唄い、才蔵は時々間《あい》の手《て》を入れてテンポよく鼓を打つ。最後は七福神を招き寄せて一年の無事と繁栄を予祝する。時間にしてわずか二、三分。しかし、独特の鄙びた節回しで笑顔をたたえつつ、よどみなく朗々と唄われると、めでたさに満たされた気分になるから不思議だ。

　島の人々にとって海を渡ってやって来る万歳は客人《まれびと》であって、かつては特別な存在であったはずだ。正月を迎えたばかりの清々しい海に、万歳の素朴でおおらかな唄声と軽やかな鼓の音が聞こえる。

「あとがき」によれば、句集『熊樫』の題名は『古事記』に収められている次の歌謡から採られたという。

命の　全けむ人は　疊薦《たたみこも》　平群《へぐり》の山の
熊白檮《くまかし》が葉を　髻華《うず》に插せ　その子

これは、倭健命《やまとたけるのみこと》の臨終を描いた場面で『古事記』の中でも最も感動的な一節と言える。死を目前にして、倭健命は「倭は国のまほろば」と倭の国を褒め称えた後、幼い命の健やかな成長を祈ったのである。「熊白檮」を「髻華に挿す」ことは、その霊力を賜るための呪術的な行為である。死に瀕して、万感の思いを籠めて幼い命を言祝いだのである。

病抜けさせたく柳の鬘挿す　和生

掲出句の前に、〈発熱の続きゐる子に桃柳〉があるので、状況は明らかだ。いつまでも熱の下がらない幼子に「柳の鬘《かずら》」を挿してやったのである。

「柳の鬘」は三月の節句に、病を避け、寿命をのばすために髪に飾ったという柳の枝のこと。中国で唐の時代に行われた風習のようだが、『万葉集』に〈梅の花咲きたる園の青柳を鬘にしつつ遊び暮らさな〉と歌われているので、奈良時代には日本に伝わっていたことがわかる。

「柳」は陰陽道では陽の気を持つ樹木で、古来鬼門を封じる霊力があると信じられてきた。しかし、そういう知識がなくても、春の柳の芽吹きは強い生命力を思わせる。

作者には、〈傷舐めて母は全能桃の花〉の名吟がある。

全能の母に宿っているのは、合理的な科学を超えた命をつかさどる根源的な力である。その力が、本来人間に備わっている生命力を引きだすのである。茨木氏は全能の母の力を受け継いでいる。「柳の鬘」の呪力と、それを授ける者の霊的な力によって、幼子の中に眠っている生命力を奮い立たせるのである。

『熊樫』は、氏の孫娘の誕生日をもって上梓された。孫俳句は甘くなりがちなので心せねばならないが、掲出句は孫への深い愛情が、そのまま幼い命の存在を礼讃する普遍性をもっている。

火を見たることなき眼山椒魚　和生

山椒魚の仲間は世界に数多く棲息しているが、日本に棲息しているもののうち最も大きい種である大山椒魚は日本固有の生物で、昭和二十七年に国の特別天然記念物に指定された。棲息地は主に岐阜県より西の近畿、中国地方に多く見られ、四国と九州の一部にも棲んでいるという。

茨木和生氏には『山椒魚』と題する句集があるくらいで、山椒魚を詠んだ作品が多い。氏の居住地である奈良県にも棲息地が多い。清流にしか生きられない大山椒魚の存在は、豊かな自然環境が守られているかどうかを知るための指標ともいえる。

大きいものは一・五メートルもあって夜行性。昼間は川岸の横穴や大きな岩の下に身を潜めていて身動きしない。何と三〇〇〇万年もの昔から棲息し、ほとんど進化していないので生きる化石と言われている。一〇〇年は生きると言われているが、どれくらい寿命があるのかもよくわかっていない。

「火」は、文明の象徴である。野生動物は火を怖れるが、暗闇に身を置いている「山椒魚」は火を見たことすらない。掲出句の「火を見たることなき眼」という表現には、文明からも進化からも遠く、静かに命を繋いできた大山椒魚の素朴で神秘的な在りようが捉えられているのである。

静寂のもたらすもの

ストレッチャー急ぐ影濃し花霞　澁谷　道

（『澁谷道俳句集成』平23）

『澁谷道俳句集成』が上梓されたのは平成二十三年、作者八十五歳の誕生日だった。

この句集には、既刊一〇冊の句集と、その後の未完句集八〇句が収められている。その未完句集の中に、入院時の作品八句がある。年譜を見ると平成十七年の記述に「三月、腫瘍の発生を疑い受診、癌の診断を受け四月初めより二週間入院手術を受ける」とある。八句はこの時に詠まれたと思われる。

作者はこの時受けた手術のことを、関西で開かれた、同集成の蛇笏賞受賞記念祝賀会で語っている。春爛漫の桜の盛りに手術を受けることが決まって、自分自身を素材として作品を詠みたいと思ったというのである。澁谷氏は医師であるから、自身の置かれている状況や施される手術を、冷静に客観的に捉えていたはずだ。作品は術後、記憶を辿ってまとめられたが、あらかじめそのような強い意志をもって手術に臨んでいたのだ。

手術をテーマとする作品は、掲出句を冒頭に〈花万朶かくご覚悟のあかるさに〉と続く。冒頭の句は「ストレッチャー急ぐ影濃し／花霞」と十二音を一気に読み、軽い切れを置いて下五を読みたい。手術室へと直行するストレッチャーの上に仰臥してしまうともう後戻りできない。ストレッチャーの落とす影は作者の存在の影でもあろう。まるで「花霞」の中を運ばれてゆくようにイメージしているのである。この「花霞」の中を戻って来ることができなければ、そのまま「花霞」の彼方に去らねばならない。

第二句は「かくご覚悟のあかるさに」と「覚悟」という言葉が重ねられている。生死の境にあることを自身に言い聞かせつつも、覚悟の定まった明るい気持ちの中で咲き誇る万朶の花を眺めているのである。

続く〈囀りか術具ふれあふ音なのか〉では、麻酔を受けて、意識朦朧としつつもかすかに聞こえる音を捉えようとする意志が感じられる。手術具の触れ合う金属的な音を聞きつつ、それを「囀り」のようだと思った記憶。術具は己を切り裂くものだが、命を繋ぐための道具でもある。「囀り」は命の発露そのもの。遠ざかる意識の中で、命を手繰り寄せようとするかのような一句である。

冷房の無人十一輌車庫へ道

終点に着いた電車が、乗客を全部下ろし、車庫へと向かう。日常よくある光景だ。これをそのまま詠んだのでは、ただ事で俳句にならない。作者が優れているのは、無人になった十一輌が「冷房」車だという点に着目しているところにある。

それまで冷房の利いていた車輌は、電気を切って暗くなってもしばらく冷えたままなのである。車輌には、ついさっきまで乗っていた人の気配が残っているだろう。これがもし、地下鉄ならどうだろう。地下を抉り取った闇の中に、人の気配の残る冷え切った真っ暗な十一輌の車輌が静かに呑み込まれてゆくのである。その先頭に一人立つ運転手の後ろ姿も、どこか不気味だ。都会生活に潜む闇を見つめる、作者の醒めた目が思われる。

雪しづか碁盤に黒の勝ちてあり道

一句の中心に「碁盤」を据えて、碁石の作り出す白と黒の世界に、窓の外に降る雪の白さを加えて構成された作品である。一見、白と黒の織りなすシンプルな作品に見えるが、よく読むと大胆な省略と緻密な構成によって場面が切り取られていることがわかる。

人間は省かれているが、当然二人の人が向き合っている。熟考・長考の果てに指される一手。その碁石の音だけが聞こえて来るのは「雪しづか」の効果である。さらに、雪の静けさは逆に、碁盤と向き合う二人の集中力や緊張感などの心理状態を最大限に際立たせる。形勢は黒に傾いているが、まだ決したわけではない。静かに鬩ぎ合いは続いているのである。

外では静かに雪が降り積もり、「碁盤」にも時間が積もってゆく。背後の人間を消し去ったことで、碁盤に静寂の力がみなぎっているのである。

Ⅱ　表現の力を読む

風士の持ち味を読む

『絵本江戸風俗往来』(昭40・平凡社東洋文庫)によれば、江戸時代末期の「梅見」は、雅人・粋士・隠士のような人だけが行ったものだという。原本は、明治三十八(一九〇五)年に刊行された和本で、嘉永年間から慶応の初めごろの年中行事や市井の話題などが、多くの挿画とともに綴られている。

江戸っ子を自任する著者は、

「梅には梅に相応せる人品のみ。されば俗を離れて造れる園林、園主も利欲を貪るの念なきを知られ、清閑にして別天地、自然名句秀吟のあるも理《ことわり》なり」

と記している。

梅に相応せる人品というのは老年の武士や医者、学者や僧侶といった人で、若い人が梅などを見てどうするのか、と書いているのが面白い。また、梅見は梅林に限るものではなく、道中の春景色をも楽しむもので、趣向を凝らした家の塀越しに見える梅や、草摘みに興じる童子、馬を引く馬丁なども風情があって、鳥の声を聞きつつの道すがらは草臥《くたび》れることがないという。梅見が風雅な趣味人の楽しみであったことがわかる。そう言えば、画家でもあった蕪村の辞世の句も、〈しら梅に明る夜ばかりとなりにけり〉だった。

誇り高い江戸っ子の江戸自慢は語り口が絶妙。歳時記を裏付けしていて興味が尽きない。

空白を作り出す表現

母が家の寒紅梅をもらひきし　山本　洋子（『寒紅梅』平30）

『寒紅梅』は著者の第七句集で、句集名はこの句から取られた。

山本洋子氏の句集名は『木の花』『桜』『夏木』などと樹木がテーマになっていることが多い。俳句の題材としても、どちらかと言えば草花より樹木がよく登場する印象だ。この句集にも欅・杉・桐・合歓・桜・椿・梅・木槿・椎などが配されていて、樹木の生きるどっしりとした豊かな時間が、句集全体に流れているように思える。

「あとがき」によれば、「母が家」は父上の実家で、「岡山の片田舎の古い家」だという。そこには古い紅梅があって、春先に訪れると愛らしい紅の花を咲かせて作者を迎えてくれる。そこで、根付きの枝を三本ほど持ち帰り、庭先に植えたところ根を下ろし、花をかかげだしたのだという。『シリーズ自句自解Ⅰベスト100　山本洋子』には、父上が戦災で亡くなられてから、母上はその家に一人住んでおられたことが書かれている。洋子氏の作品には静かな佇まいの母上がたびたび登場するが、その母上も亡くなられたようだ。一人暮らしの母を、春の訪れとともに楽しませてきた「紅梅」は、母上の生きた形見である。母が丹精し、愛でた「紅梅」をもらってきて、我が家に根付かせることは、母の歳月を引き継ぐことでもあろう。紅梅ではなく

「寒紅梅」としたことで寒気の中で「紅」が引きたち、いっそう母への思いも深まる。
句集『寒紅梅』の作品群は、平明な表現に磨きがかかり必要最小限の言葉で句が仕立てられている。この句の場合は「母が家」も「寒紅梅」もなくてはならず、「もらひきし」に母が愛したものを、母からもらって育てるという思いが込められている。

雛壇の端に眼鏡を置きにけり　洋子

〈雛の日の高見は雪をあたらしく〉〈門前に薪割りさして雛の日〉〈杣が家は閏の雛の燭ともす〉など、『寒紅梅』には雛の句が何句か収められているが、掲出句はやや異色な趣である。「雛壇」と「眼鏡」という取合せに意外性がある上に、ただ置いただけで一句を仕立てている点に手腕を感じる。
この句には自解があって、琵琶湖の見える堅田の余花朗邸での作であることがわかっている。仲間の一人がたまたま眼鏡に傷を入れてしまって、雛壇の端にのせたのだという。その時「異次元の世界に、この世が入っているような不思議な感慨」を得たという。「眼鏡」によって当たり前の日常と、雛壇の作り出す美しい非日常の世界が重なっているという意味だろう。日常の侵入とも鑑賞できるが、作者は、決して交わらない二つの世界を、「眼鏡」という物を見る道具を用いることで、交わらせて見せたのである。

狐火や湯殿へ通ふ長廊下　洋子

俳句には、実の季語と虚の季語がある。「狐火」は虚の季語として幻想的、神秘的で、古風な味わいがある。この季語は十二月の大晦日に、装束を正した狐たちが王子稲荷神社に参詣するという伝説から生まれた。神社の前に大きな榎が一本あって、それを目印に各地から狐が集まり、官位を決めるのである。その時集まった狐たちが燃やすのが狐火というわけである。

この狐火を見た、と書いているのが、先に紹介した『絵本江戸風俗往来』の著者である。「聞く所に違わず数百とも思うばかりの狐火を見たり。この辺は総じて樹木森々として白昼すら薄暗く、春の花・夏の滝の外は人の通行もあらず。まして暗夜の大晦日、北風は寒く木々の梢吹き、遠近寂寞として物音なく、かの狐火は見ゆるかとすれば失せ、失せるかとすればまた光り、身の毛もよだつばかりなり」と、子どものころの記憶を綴っている。

掲出句の「狐火」は「や」と切って、以下の内容に「狐火」でも出そうな、妖しさや不気味さをもたらしている。しかも、「通ふ」という言葉が働いて、距離感を感じさせるのである。山宿の湯殿へ向かう「長廊下」には、確かにこういう不気味さを感じさせる所がある。旧館、新館、別館などと建物が廊下で繋がっている上に、湯殿が別棟になっていたりすると、薄暗い廊下をどこまでも歩かねばならず、廊下を曲がるたびに心細くなる。突然強風が吹き付けたりすると、建物が軋《きし》んだり、木々の鳴る音が聞こえたりして、異界へ入ってゆくような心持ちになる。普段は忘れている不安や恐怖が、夜の「長廊下」を歩くことで心の底から湧き上がってくるのである。

「狐火」には、人の心の奥深くに潜む、得体の知れない恐怖を呼び起こすような効果がある。

闇の中に揺らめく正体不明の火が、心の闇に揺らめくように思えるのである。

動詞が引き出す風土の力

啼き出して囮たること忘れゐむ　木附沢麦青

（『木附沢麦青句集』平27）

囮は招鳥《おきとり》の転訛したものとも言われ、鳥獣を捕獲するための猟法の一種として広く行われて来た。

鳥をおびき寄せるための囮は獲物を安心させるほか、鳴かせたり、餌を啄ませたりして関心をもたせ、積極的に獲物を呼び寄せるので効果が大きいという。現在もっとも多く行われているのはカモ猟とスズメ猟で、キジバト、ガン、チドリ、ツグミ類、マヒワなどの小鳥やハヤブサなどの捕獲にも行われる。ただし、ガン以下の鳥は学術研究など特殊な場合以外、捕獲が許されていない。スズメを囮にする場合は、籠の中で鳴かせたり、飛べないように紐で繋いだスズメに餌を啄ませたりするようだ。

掲出句の「囮」がどのような種類かは不明だが、鳴けば鳴くほど「囮」としての役割を果たすわけで、仲間を罠にはめることになる。当然、囮はそんなことは知らないのだが、「忘れゐむ」と表現することで、非情な状況に置かれている囮を際立たせているのである。この句が「啼き出して囮たること知らずゐる」だった場合と比較するとよくわかる。この場合は事実がそのまま詠まれたことになり、哀れさがストレートに伝わる。しかし、「忘れゐむ」の場合は知っていながらそれを忘れているのだろう、と表現することで、知りようもない囮の運命が逆に強調されるのである。囮として鳴かされることの残酷さが胸に沁みる。

枯野馬車土産の玩具鳴り出だす　麦青

『木附沢麦青句集』は既刊の四句集のアンソロジーで、それぞれから九〇句ずつ、合計三六〇句を収めている。第四句集『馬淵川』を上梓した時点で句集の刊行は終了するとの決意で、このたびの句集出版の依頼にもアンソロジーで応えた。二度の大病を患ったことで、確たる信念はいっそう揺るがないようだ。

掲出句は第一句集『母郷』所収の句で、刊行は昭和四十七（一九七二）年。内容も時代を反映している。

作者は岩手県二戸生まれ。昭和三十九年に青森県八戸市に移住している。この句の「枯野」がどこなのか定かではないが、町へ出たついでか、旅の帰りか、あるいは出稼ぎかもしれない、子どもに「土産」を買ったのである。『母郷』には「長女あけみ誕生」の前書を付した句〈爽やかや一児得て髭濃くなれり〉もあるから、幼女への「土産の玩具」と読みたい。それが、馬車が枯野に入って凸凹道に差しかかると、ひとりでに「鳴り出だ」したのである。この音を楽しいものと聞くか、不気味なものと聞くかで句の味わいが異なる。

枯野を行く馬車の音と、振動で小刻みに鳴る「玩具」。町と村の間に広がっている枯野の存在は、両者が相容れないことを思わせる。「玩具」は、町に行かなければ手に入らないものを象徴していると読むことができる。「枯野馬車」が運ぶものは、未知の憧れの世界。しかし、それは日常の均衡を破る危うさや怖さに通じるようにも感じられるのである。

煮凝の味に加はる山の闇　麦青

第四句集『馬淵川』に入っている作品である。「煮凝《にこごり》」という身近な題材を詠んで、スケールの大きい風土詠に仕上っている。

生活の匂いの色濃い一句だ。第一に、「煮凝」は魚の煮汁が冷えて固まったものだから、そこに「山」のイメージが加えられること自体に飛躍がある。また、冷蔵庫などに入れるまでもなく、鍋に残ったものが夜の間に冷え固まったこともわかる。その冷えも「山の闇」が作り出すものだ。そして、この句をもっとも魅力的にしているのは「味」という味覚に、「山の闇」という視覚を加えたことだ。しかも「山の闇」は定かに見えるものではなく、生活の背後にあって感じ取るものでもある。「山の闇」の圧倒的な存在が、「味」として加わるのである。

『馬淵川』には〈山を見て山に見らるる屠蘇機嫌〉〈山に雪里に雪来る子守唄〉〈冬山となり山彦を返さざる〉という句もあって、山と人々の生活が一体であることがよくわかる。日々の生活は山とともにあるのである。

厳しい自然の中にどっしりと根を下ろし、自然を受け入れ、ともに生きている人でなければこのような骨太な句は詠めない。発想の面白さや感性の鋭さというような、感覚的な句ではない。性根の据わった一句なのである。

寡黙に徹する

天空は音なかりけり山桜　藤本美和子

（『天空』平21）

句集『天空』の表題句である。

どこまでも広がる音無き「天空」と、その「天空」と交信するかのような一本の「山桜」。降り注ぐ春の光の中で、「山桜」は静かに花開き、神々しいばかりの存在感である。

「山桜」は一般に山中に自生し、大きいものは樹高三〇メートルに達し、樹齢は五〇〇年に及ぶことも珍しくないと言われている。現在、桜の名所に植えられているのは、八割が染井吉野であるという。しかし、染井吉野は江戸時代に園芸品種として生まれたもので、『古今集』以下、王朝時代から花として詠われてきたのは「山桜」である。染井吉野は咲き誇る華麗さで人々を魅了するが、気品という点で「山桜」に及ばない。しかも、群れ咲かないので、孤高なイメージもある。掲出句からは、音無き壮大な「天空」を仰いで毅然と清楚に花開く「山桜」の姿を思い描くことができる。

この、すらりと美しく、洗練された一句を支えているのは韻律である。音読すると、中七の「なかりけり」というきっぱりとした切れが、おもねることのない「山桜」の姿を捉えていることがわかる。大自然との一体感がもたらす、作者自身の澄みきった眼差しが思われる。「天空」と「山桜」だけを描いて、句はどこまでも透明なのである。

蜻蛉がくる蜻蛉の影がくる　美和子

晩夏の強い日差しを浴びて、鬼やんまが水面を行きつ戻りつ、伸びやかに飛んでいた。掲出句は手賀沼を一緒に吟行した時の作品で、実景がどのように作品化されたか、その作句工房を覗くことができる。

実際に見たのは「鬼やんま」だったが、作品化されたときには「鬼やんま」のイメージは捨てられ、「蜻蛉」をリフレーンによって生かすという手法が用いられた。しかも、「蜻蛉」そのものと、「蜻蛉の影」を同時に描き出し、それがやって「くる」と方向を示すことで、「蜻蛉」を立体的に捉えることに成功している。

当日は蓮見舟に乗って、今を盛りと群れ咲く蓮の中に分け入った。以下はその折の作品である。〈水よりも低きに坐り蓮見舟〉〈舳先まで進みて蓮を剪りにけり〉〈蓮剪つて蓮の全長したたらす〉。作者は、「蓮見舟」に坐っている自己の位置を確定することで、対象を空間の中で把握していることがわかる。そのことによって、舟に押し寄せるように咲いている蓮の中を突き進む「蓮見舟」や、その「蓮」を「舳先」から大きく身を乗り出して剪る姿、さらには、水中に立っていた「蓮」が剪って横たえられ、その「全長」を瑞々しく濡らしている様子などが明瞭に見えてくるのである。

作者はものを見るとき、対象そのものを凝視しつつ、対象を空間の中に位置づけることで本質に迫ろうとするのである。しかも、位置づけが自在なことによって、対象は鮮明な輪郭を与えられてリアリティーを増す。このような傾向は〈羽子つきのうしろが空いてゐたりけり〉という句にも表れている。

春満月生後一日目の赤子　美和子
亡骸の父の頤梅雨満月

ともに平成十九（二〇〇七）年の作品である。生後一日目の「赤子」の命を照らし出す、滴るような「春満月」の光と、亡骸となってしまった「父の頤」を浮かび上がらせる、雨に閉ざされた季節の満月。こうして二句を並べると、満月に生死を司る壮大な宇宙の営みのようなものが感じられる。

〈旧年の大きな月があがりけり〉〈筒鳥のこゑ溜まりくる朝の月〉など、『天空』には「月」を詠んだ句が数句あるが、この二句には天上に視点を置き、永遠なるものとの関わりにおいて命の不思議を見詰めようとする意識が働いている。それは眼前の光景に、自然の摂理を見る眼差しであり、「赤子」や「父」に心を寄せつつも、大いなるものに身を委ねんとする意志であるように思える。

これら二句は、生死の極みにおいて詠まれた作品であるが、一般的に作者は大仰でことさらなものには関心を示さない。いつも自然や対象に真っ直ぐ向き合って、そこから見えてくるものを摑もうとしている。その根底にあるのは存在の一回性である。自己と対象との一回性に賭け、鍛えられた直感力によって存在の意味を問い、十七音字に結晶させる。その姿勢が一句の完成度を高めるのである。

題材の力を引き出す

雛祭を迎えると必ず思い出す一句に、〈仕る手に笛もなし古雛〉がある。松本たかしの名句である。「仕る」という言葉に匂い立つような品格があって、「笛」を喪失した「古雛」の寂しさが気品ある姿として見えてくる。

この句は独立した一句として十分鑑賞できるし、それ以上のものを付け加える必要はないかもしれない。しかし、作者のことを知っていると、作品鑑賞にさらなる深みが生まれる。すなわち、たかしは宝生流の能楽の家に生まれ、将来を嘱望されつつ、若くして結核に罹患、能楽師としての道を絶たれた人であるということだ。これを知っていると雛の「仕る」「笛」と、能囃子の笛が二重写しに見えてくる。そして、「古雛」の喪失感に作者の人生が重なる。

一句を鑑賞する時、作者名を含めて読むかどうかは議論の分かれるところだ。私は作品によって柔軟に、と思っている。作者に対する知識が、かえって作品を損なう場合もある。冒頭の「古雛」の句も、作者は写生に徹して詠んでいる。しかし、自ずから作者像が滲んでいる。それをどこまで鑑賞に反映させるかである。どこまでも一句に忠実に、より作品を生かす鑑賞をめざしたいと思っている。

心意気を読み味わう

おもしろぅなりゆくところ枯蓮　山尾　玉藻　（『人の香』平27）

「花はさかりに、月はくまなきをのみ見るものかは」という『徒然草』の一節は、日本的な美意識をよく表している。満開の桜、一点の曇りもない月が素晴らしい事は言うまでもないが、雨や風に敢えなく散りゆく花もまた美しい。桜に降る雨を「花の雨」と愛で、雨に見えない名月を「雨月」として楽しむ文化である。季語の体系は、このような「負を愛でる美意識」をも捉えている。掲出句の「枯蓮」もその一つである。

「蓮」は晩夏に荘厳な花を掲げるだけに、枯れゆく様は哀れである。みすぼらしく痩せ細った茎が折れて、枯れた葉をぶら下げて風に吹かれている様子は痛々しいほどだ。露わになった水面が、淀んだ水にそれらを映し出している。それを「おもしろ」きものとして捉えたのが掲出句である。しかも、果てしなく衰えてゆくものを「なりゆくところ」と時間の経過を含んだ表現でおもしろさが加わってゆくと見ているのである。負の状況を逆転の発想で捉えた句で、単に愛でるのではなく、目を逸らさずに行く末を見届けようとする強さがある。

こういう肝の据わった発想があるから、〈始まりの終りのなくて蓮枯るる〉というような作品も生まれる。この句の場合は、枯れ行く「蓮」の始めと終わりを消し去ることで、衰退するものの姿を捉えている。

普通なら「始まりも終わりもなくて」とするところだが、これでは意味を伝達しているに過ぎない。「始まりの終りのなくて」には不気味さが漂っている。助詞「の」の効果である。抗うことなく、自然の営為に身を晒している「枯蓮」が見えるのである。

茶封筒また取り出せる生身魂　玉藻

盆は先祖の霊を迎えるとともに、生きている父母、祖父母など目上の人を「生身魂」として尊ぶ風習がある。歳時記によれば室町時代以降、文献にも見えているというから伝統ある習わしである。江戸時代の俳諧師・其角に〈生霊《いきみたま》酒のさがらぬ祖父《おおじ》かな〉という句がある。老いて酒量の落ちない、矍鑠たる祖父を讃えているのだろう。其角の表記は当て字かと思われるが、歳時記の傍題には「生御魂」「生見玉」「生盆」がある。

一句だけ抜き出した時、掲出句の「生身魂」が誰なのかは不明だが、「また取り出せる」という表現から考えて、父か母。大切に仕舞い込んだ「茶封筒」を「また取り出せる」まめさ加減から母であろうと推測される。折あるごとに、事あるごとに取り出して語らずにはいられない老母と、また始まったと思いつつも、笑顔で話を聞いている作者が見える。

この句の面白さは「茶封筒」にあり、これが句に味わいをもたらしている。「封筒をまた取り出せる生身魂」と比較すれば明らかだ。繰り返し取り出して語らねばならないような大切なものが、上等の和紙などではなく、薄くて安い「茶封筒」に入っているのが愉快だ。おそらくは歳月を経て色褪せているだろう。入っているのは手紙か、記念のものか。ともかく、それにまつわる思い出を、「これはなあ」などとおっとりと語り出す、そんな昔語りに耳を傾けられるのも「盆」ならではのこと。

「盆」には日常とは違う時間が流れている。「茶封筒」は物語の世界へ入るための道具であり、「生身魂」の人物像をくっきり描き出している。一編の短編小説にも思われる味わいである。

応へねばならぬ扇をつかひけり　玉藻

こういう句を読むと、関西の芸の奥行を思う。

鮮やかに切り取られた光景と、そこに流れている時間、とりわけ「間合い」というものが描かれているからだ。「応へねばならぬ」のは前に相手がいて、何事かを問いただされており、適当に応じることができない状況だからである。使っているのが団扇ではなく扇子であることも、改まった場面を思わせる。「応へねばならぬ」ことが、言いたくないことなのか、決断しなければならないことなのか。汗ばむ季節が追い打ちをかける。盛んに鳴く蟬の声までが聞こえてきそうだ。その、やや息苦しいような空気を緩めてくれるのが「扇」である。扇を使えば視線を外すことができる。風を送りつつ、相手との距離を保っているような趣もある。

ところで、掲出句が「応へねばならず」だったらどうだろう。これでは状況説明になってしまう。「〜だから」という理屈が入ってしまうからである。「応へねばならぬ」という状況を、「扇」を修飾する言葉としたことで、「扇」の存在感、効果が増すのである。「応へねばならぬ扇」という表現自体が芸だ。

人事句には味わいが必要だが、その微妙な味わいは吟味された表現が作り出す。しかも、それを決して目立たせないのが芸の力なのである。

作品に滲む人柄

釣鐘の闇を真上に蟻地獄　　黛執（『春の村』平28）

この句は「釣鐘」と「蟻地獄」の組み合わせが、つき過ぎのように思われるかもしれない。地下で繰り返される殺戮に対して、梵鐘が菩提を弔う働きをしていると読めるからである。

しかし、「蟻地獄」の作り出す地下の「闇」の「真上」に、「蟻地獄」の知らないもう一つの、別の「闇」が宙づりになっていると読んだらどうだろう。作者は「釣鐘」ではなく、「釣鐘の闇」と表現しているからだ。さらに、「釣鐘」と「蟻地獄」の位置関係を、「蟻地獄」の視点から捉えて、「闇を真上に」と描写していることにも注目したい。

「蟻地獄」は名前そのものが強烈な上に、罠の仕掛けや捕食の方法が残酷なので、季語としてのインパクトが強い。傍題に「擂鉢虫」とあるように、擂鉢状の窪みを掘って獲物が落ちてくるのを待つ。その時、大顎の先端を窪みの底に差し込んでおいて、獲物が落ちて来たら素早く砂を浴びせて中心部に落とし、引きずり込んでしまう。歳時記によっては、捉えた昆虫を食べると書かれているが、正確には体液を吸い取る。その際、まず、獲物に消化液を注入して体組織を分解した上で、相手の体液を吸い取るのである。獲物は一瞬にして黒く干涸びてしまう。こんなことが、地下で音無く繰り返されている恐ろしさは計り知れない。

「蟻地獄」にとって、「釣鐘」の下に仕掛けた罠は雨が掛かることも、踏み崩されることも、また炎天の地表の温度に晒されることもない、絶好の罠なのである。しかし、その「蟻地獄」の罠の「真上」に、「蟻地獄」には窺い知れない、ひんやりと大きな「闇」が宙釣りになっている。闇と闇が向き合っているような不気味さである。

五郎助ほうぐつすり嬰を眠らせて　執

真冬の暖かい部屋の中でぐっすり眠っている「嬰」に、闇の中から「五郎助」が「ホッホッ」と鳴き声を響かせているのである。「眠らせて」とあるから、「五郎助」が子守唄を歌っているような味わいだ。冬の冷たい闇の中から生き物の声が聞こえるという、どこか物語めいた、幸福感に満ちた作品である。

「五郎助」は「木菟」の傍題だが、これを季語とした俳句を見たのは初めてだ。何種類か歳時記に当たってみたが例句はなかった。

「五郎助」には、仲間に呼び掛けるような親しみが感じられ、物語の世界の住人になるのにぴったりだ。梟の仲間だが耳を立てているのが特徴で、どこか人間臭くて、闇の中で聞き耳を立てているような面白さがある。

掲出句では、「五郎助ほう」と使って、童心を呼び覚ますような、温かく懐かしい味わいを出している。さらに、「五郎助ほう」と下五の「眠らせて」が呼応することで、歌いかけるような調べを作り出しているのである。こういう句は、一句がもたらす郷愁そのものを調べとともに味わいたい。そこに、作者の穏やかで温かい人柄も滲んでいる。

凍蝶に凍てし寧らぎありぬべし　執

「凍蝶」にも、凍てきったもののもつ「寧らぎ」が、きっとあるに違いない。そうあって欲しい、というのがこの句の意味である。

「凍蝶」は寒さで凍てたように、じっと動かない蝶のことで、死んではいない。身動きもできず、ただじっと寒さに耐えているのである。そんな、今にも消えそうな、命の極みにいる小さな蝶にも、かすかな安らぎよあれかし、と作者は祈っているのである。老いや死をテーマとして多くの作品を残してきた作者にとって、「凍蝶」はそれらを象徴するものなのであろう。

ところで、掲出句をこのように理解するためには、下五が「ありぬ＋べし」ではなく、「あり＋ぬべし」であることがわかっていなくてはならない。その上で「ぬべし」を『広辞苑』で調べると意味がわかる。「ぬべし」は完了の助動詞「ぬ」に推量の助動詞「べし」が付いた形で、「きっと〜に違いない」と強い確信をもって何かを予測する時に使う。こんな複雑な心情も、文語なら「ぬべし」の三文字で表現できてしまうのである。

内容もそうだが、掲出句は「ぬべし」というきっぱりと強い響きが一句を支えている。そのことで、甘やかな抒情に堕することがない。この強い響きは文語、それも漢文脈のもつ味わいだ。文語は詩の言葉として洗練されてきたが、それは意味だけではなく、調べをも鍛えてきたのだと思われる。

固有名詞を詩のことばに

平成二十九年十二月二十三日、京都島原の角屋において、最終回の蕪村忌俳句大会が行われた。角屋は蕪村にゆかりのある料亭で、俳諧に造詣の深かった主人は太祇や蕪村の指導を受けていたという。ここには「春夜桃李園に宴する」の図（天明元年・一七八一、四月、蕪村六十六歳の筆）など、書画が多く保存されている。

ところで、忌日の句を詠むときによく問題になるのは、例えば「蕪村忌」を「蕪村の忌」と詠んでいいかどうかということだ。蕪村忌の場合は四音なので、下五に置くために「蕪村の忌」と五音にすることが多い。これは、名前が入っているから可能なので、「太宰忌」を「太宰の忌」と詠んでも意味はわかるが、傍題の「桜桃忌」を「桜桃の忌」と使うことはできない。

忌日俳句は、本来その人に縁のある人が深い思いをもって詠むべきものだという考え方もあるが、そうすると芭蕉忌や蕪村忌は詠めなくなってしまう。「蕪村忌」を「蕪村の忌」と使うことは間違いとまでは言えないけれど、「蕪村忌」と使うのが本来だろう。「の」の存在が挨拶性を弱めてしまう。忌日名をどのように詠むかということに、詠み手の覚悟が問われているように思えるのである。

観念を詠む

永劫の時死後にあり名残雪　矢島渚男（『冬青集』平27）

この句に描かれているのは、誰かの具体的な「死」ではなく「死」そのもの、観念である。俳句のような極端に短い詩型で観念を捉えようとすると、言葉そのもののメッセージ性に頼らざるを得ず、実態の無い句になってしまう。具体的に光景が見えないので、伝達力が弱くなってしまうのである。

例えば、宮沢賢治の詩「永訣の朝」のように、死にゆく妹のために、一杯の「あめゆき（霙）」を、天の恵みとして与えるというような風景ならよくわかる。具体性があるからだ。しかし、掲出句においては、一切の状況は描かれてはいない。「死後」に続く長い時間と、「名残雪」だけである。「名残雪」は「雪の果」の傍題で、春になって最後に降る雪へ思いを寄せた季語である。積もることなく、降るそばから消えてゆくのが「名残雪」のイメージである。

さて、「永劫」は長い時間という意味だが、「未来永劫」という四字熟語があるように、どこまでも果てしなく続く時間という意味合いが強い。この句の場合も、「死後」に続く未来永劫の時間を捉えている。その、生と死の境に「名残雪」を降らせてみせたのである。「死後」という、見ることも関わることもできない世界を、「名残雪」の彼方に浮かび上がらせてみせた。死は生を断ち切るだけでなく、その後に続く「永劫」の闇、果てしない孤独をも背負わせるかのようで怖ろしい。

「闇」が際立てば際立つほど、「永劫」の対義語である「刹那」としての「生」、つまりこの世に身を置く時間が、まるで奇跡のように愛おしく照射されることになる。

花ちるや近江に水のよこたはり　渚男

「花ちるや」という打ち出しが、晩春の駘蕩たる風景を呼び寄せ、「近江に水のよこたはり」というゆったりとした調べが、春霞とともに穏やかに広がる琵琶湖をイメージさせる。なるほど、「よこたはり」という表現のもたらす長閑で気怠い趣は、「花ちる」季節そのもので、ほかのどの季節の湖も「よこたはり」はしない。さらに、掲出句は「花ちるや」と上五に切字「や」を用いたので、下五を「よこたはり」と連用形にして、切れを一箇所にした。この効果で、中七以下は上五へと循環する。つまり、「花ちるや近江に水のよこたはり、花ちるや……」と一句の中で桜が散り続けるのである。

加えて、晩春の「近江」といえば、〈四方より花吹入《ふきいれ》てにほの波〉〈行春を近江の人とおしみける〉といった芭蕉の句も思われる。ともに元禄三（一六九〇）年、近江の膳所《ぜぜ》に滞在中に詠まれた。とりわけ、〈行春を〉の句については志賀辛崎に舟を浮かべて、門人達とともに春を惜しんだことが知られている。

「近江」という固有名詞は、芭蕉をはじめこの地に春を惜しんだ風雅の士を思い起こさせる力を持っているのである。「花ちるや」には、今年の桜もいよいよ終わるという思いが込められている。そこに重ねた旧国名「近江」は詩の言葉、「俳枕」としての力を持っているのである。

映像に死ぬ前の顔沖縄忌　渚男

六月二十三日、沖縄では「慰霊の日」として糸満市摩文仁《まぶに》の平和祈念公園において、沖縄全戦没者追悼式が行われる。昭和二十年のこの日、沖縄での組織的な戦闘が終結したことを記念して制定された。これを季語としたのが「沖縄忌」である。

「沖縄忌」は登載していない歳時記も多く、地名に「忌」を付すことを疑問視する考えもある。「沖縄の日」ならともかく、「忌」を付けるとまるで「沖縄」が死んでしまったようで無神経だというのである。なるほどと思うが、現実には〈艦といふ大きな棺《ひつぎ》沖縄忌　文挟夫佐恵〉など、すでに多くの作例がある。以上のことを念頭に置いて、掲出句を鑑賞したい。

この句が衝撃的なのは、「死ぬ前の顔」が「映像」に残っていることである。例えば「写真」である場合と比較すると俄然生々しい。映像は死の場面をも捉えているはずだからである。俳句は一瞬を切り取ることで、光景を鮮明に描くことができるのだが、この句は映像の中に流れている時間をも鋭く切り取って見せた。

しかも、「死ぬ前」の「顔」が兵士なのか民間人なのか、という問いかけが起こるのは地上戦が繰り広げられた「沖縄」だからで、少年や少女なども含めて「映像」が捉えた痛ましい場面がさまざまに想像される。さらに、「映像」に記録されているのは映写した人物があるからで、この句は映写機を操っている人物の存在をも捉えている。「映像」に記録される戦争、その非情さや冷徹さをも告発した「沖縄忌」である。

白鳥に終生の白帰りゆく　渚男

白い鳥は「白鳥」に限らないが、中村草田男が〈白鳥といふ一巨花を水に置く〉と詠んだように、大きさと華やかさ、そして優雅さにおいて「白鳥」は圧倒的である。「白鳥」は十一月ごろにシベリア東部から日本に飛来し、三月ごろに帰ってゆく。掲出句は「白鳥」と「帰りゆく」が上五と下五に分かれているが、「白鳥帰る」を季語とする春の句である。

白鳥は、幼鳥の時期は灰白色の羽毛に包まれている。あどけない顔つきで愛らしいが、約二年の時をかけて輝くばかりの白い羽根に覆われた成鳥になる。そして、白い羽根は「終生」失われない。その白鳥の気品と矜持が「終生の白」として表現されているのである。

しかし、一方で、白鳥は厳しい自然環境の中で生き、渡りを行うという宿命をも負っている。大白鳥の体重は八キロから一二キロにも及び、飛行距離は三〇〇〇キロ、小白鳥は四〇〇〇キロを移動するという。ようやく暖かくなった日本を去って、北帰行を始める白鳥の群れを見送るとき、長途の旅の無事を祈りつつ、「終生の白」に輝く体が、神々しいように思えるのである。

季語で動き出すドラマ

蓮如忌のぬれては緊まる海の砂　渡辺純枝

（『凜』平27）

「蓮如忌」は陰暦三月二十五日。浄土真宗中興の祖、蓮如上人の忌日である。蓮如上人は室町時代の中頃に生まれ、当時衰退の一途を辿っていた本願寺を隆盛に導いた。とりわけ、比叡山の圧迫を受けて越前吉崎に移ってからの発展は目覚ましい。しかし、教化が広まり、上人を慕う人々が各地から集まってくるようになると、思わぬ軋轢も生まれた。遂には吉崎をも去ることになるのだが、その多難な生涯を切り開いてゆく姿は実に劇的、感動的である。

掲出句の「ぬれては緊まる」という把握は、「蓮如」上人の生涯そのものである。また、京を追われた上人が、日本海沿いに越前へと布教活動を展開したことも思われる。海を眺めては志を新たにしたであろう上人の姿が見えるようだ。

句集『凜』は四季別に作品が収められているので、この句がいつ詠まれたかは不明である。しかし、句集が上梓された平成二十七年は蓮如生誕六百年に当たり、各地で記念行事が行われた年でもある。

蓮如上人は不屈の精神で時代を生きた宗教者である。その八十五年の生涯を正面から捉え、「ぬれては緊まる海の砂」と象徴的に表現した一句なのである。

垂直の水は真白し椎の花　純枝

「椎の花」が咲くのは新緑の五月ごろから、梅雨期にかけてである。何より青臭いような、頭の芯が痛くなるような強烈な匂いを放つのでわかる。それは、官能的とも思えるような匂いで、高々と生い茂っている樹木が、生気を漲らせているのがわかる。

掲出句は「椎の花」と「滝」を組み合わせた句だが、「椎の花」を季語とし、「滝」という言葉を使わず「滝」を表現してみせた。例えば「垂直に水落ちてくる」というような平凡な描写では迫力に乏しく、「垂直の水の真白き」でもまだ説明。この句は「水は真白し」という強い断定的な表現によって成立した句なのである。「AはBだ」という形である。

さらに、この句の助詞「は」の効果によって、滝口から一気に落下する水の高さとスピードを、「真白し」と色彩で表現してみせることに成功したのである。

ここまで読むと、「椎の花」の生命力によって、「垂直の水」の躍動感が引き立てられていることがわかる。取合わせの句の場合、季語が決定打になることが大切で、ほかの季語でも成立するようでは完成形とは言えない。掲出句において、「椎の花」は滝の生命力に加えて、新緑に覆われた山全体の生命力をも引き出す効果をあげているのである。

生るとは濡れて立つこと春の駒　純枝

馬の子は羊膜に包まれた状態で誕生するので、羊膜が破れて体が現れるときは濡れている。この時初めて仔馬は自分の力で呼吸する。生まれたばかりの仔馬を母馬が丁寧に舐めている様子を映像で見たことがあるが、親子の情愛が育まれるのはもちろん、これによって血液の循環が良くなり、仔馬は呼吸が楽になるのだという。

しかし、ここからが大変で、仔馬は何としても自力で立ち上がらねばならない。そして、母馬の乳房を探すのである。まさしく「生る」とは「濡れて立つ」ことで、命の中にあらかじめ備わっている力が働かなければ、命を全うすることはできないのである。「産む力」と「生まれる力」の双方が無ければ命は誕生しない。「濡れ」たままで細い脚を何度も踏ん張って立ち上がったとき、ようやく「春の駒」が誕生する。そんな命の誕生のドラマを捉えた一句である。

オノマトペの効果

花を見ぬ牛と花見をしてをりぬ　　鈴木　牛後（『にれかめる』令元）

鈴木牛後氏は「牛の朱夏」五〇句で、第六十四回角川俳句賞を受賞した。句集『にれかめる』は受賞作を含む第三句集で、収録された三七四句の多くが牛を詠んだ作品である。それほどに牛をテーマとして詠んでも詩心が枯渇することは無く、最終章に置かれた受賞作品へ向かって、全体が大らかに盛り上がってゆくように思えた。驚異的な牛への讃歌である。

掲出句は第一章に収められた句で、「花見」の相手が「牛」であることにちょっとしたユーモアがある。北海道在住の作者にとって、桜は遅い春の訪れを告げる天の恵みそのものだろう。牧場に放った牛たちに語りかけつつ、しばし「花見」を楽しんでいる様子が見えるようだ。牛たちも季節の推移には敏感に反応するのだろうが、さすがに花を見て楽しむということは無い。そう知りつつ、「牛と花見」をするところに酔狂とも思える詩心があって愉快だ。

満月を眼差し太き牛とゐる　牛後

牛の死に雪は真白を増しゆけり

「雪月花の時最も君を憶ふ」と詠んだのは中国の詩人、白楽天だった。以後、「雪月花」は日本の伝統美を象徴する言葉となって現代に受け継がれている。しかし、「雪月花」を「牛」との生活の中から、このように実感をもって骨太に詠んだ俳人はいなかったと思う。

獣声のけおんと一つ夏果つる　牛後

句集『にれかめる』は、冒頭に〈羊水ごと仔牛どるんと生れて春〉という句を据えて始まる。「ぬるり」とか「どろり」なら思いつくが、「どるん」は言い得て妙。滑らかさに重さの加わった表現で、粘膜が破れて仔牛が産み落とされる瞬間が音で捉えられている。

掲出句を含めて、この句集にはオノマトペを使った句が多く収められている。〈牛の眼のろろんと春日嚙みかへす〉〈蟬時雨ざんざんと牛水を飲む〉〈ごごごどと除雪車白い夜を押す〉〈ストーブを消せばききゆんと縮む闇〉など、耳だけではなく全身で音を捉えているからこその立体感で、季節感をも生かして新鮮だ。なかでも〈ストーブ〉の句は角川俳句賞受賞作の一句で、選考委員に高く評価された。ストーブを消した瞬間に一気に部屋の温度が下がり、同時に「闇」が冷える様子を「縮む」と表現したのである。

掲出句は遠くから響くように聞こえた獣の声を「けおん」と表現して、北海道の夏が終わってゆく合図のように思える。「けおん」は「きょーん」とか「きゃーん」とか鳴いた声を写し取ったものだろうが、何の声かは明かされていない。しかし、平仮名表記の効果もあって、読み手の胸に寂しく響く。何かの危機に瀕した声なのか、遠く相手に呼び掛ける声なのか、それが「一つ」であることもドラマ性を帯びている。夏の終わりは、たちまち訪れる次の厳しい季節の到来を思わせる。オノマトペによって、彫りの深い作品になったと言える。

牛死せり片眼は蒲公英に触れて　牛後

酪農には放牧型と舎飼型があり、放牧型の場合は北海道のような寒冷地でも、五月から十月ごろまでは夜間も牛を放っておくのだと知った。この時期、牛たちは朝夕の搾乳と餌を食べる時間に牛舎に入り、それ以外の時間は外で過ごすようだ。私は放牧の場合も、夜は牛を牛舎に入れると思い込んでいた。ところが句集を読んでいて、〈鼻息熱き牛を夜涼へ放ちけり〉〈霧を出て霧へ入りゆく牧の牛〉というような句に出合ったことで、調べてみてわかった。

掲出句は、角川俳句賞の選考会で高い評価を得た句で、帯を飾る作者の代表句である。「蒲公英」に触れているのが「片眼」であることで、牧場に横たわって死んでいることがわかる。即物具象に徹して死を捉えたことで、「片眼」が「触れて」いる「蒲公英」が限りなく明るく優しい。

ほかに、句集には〈老牛の乳垂れてゐる鼓草〉という句がある。「鼓草」は「蒲公英」の別名だから、掲出句と一対になっているのかも知れない。〈一頭の病みて夜寒の牛の群〉〈幾度見る死せし仔牛や日雷〉という句も収められている。生き物を扱う仕事だから、様々な形で死と向き合わねばならない。掲出句の牛がなぜ死んだかは不明だが、「牛死せり」と突き放すように置いた上の句を、「蒲公英に触れて」と下五で結んだところに、眼前の一頭の牛を超えて、「牛」という生き物そのものに対する深い愛情が感じられる。

俳句における虚と実

俳句における虚と実《じつ》の問題を考える時、いつも頭に置いているのは、〈折鶴をひらけばいちまいの朧〉という澁谷道氏の代表作である。この句が実に基づいて詠まれるなら、折鶴はどこまでもいちまいの紙でしかない。「折鶴」として提示された「もの」は、あくまでも「もの」として存在するからである。しかし、作者は折鶴をひらくことで「朧」、つまり春の闇を生み出して見せた。マジックのような鮮やかさで実から虚へと転換し、折鶴を朧に変身させたのである。折鶴が己をひらくことで朧の中に吸い込まれていったような、幻想的で不思議な作品である。

俳句のような短い詩では、徹底してデッサン力を鍛えねばならない。「写生」や「写実」が大切にされるのは、そのためだ。しかし、肉眼で見えるものだけに囚われていると、このような句は生まれない。実と虚の間に橋を架けること、すなわち現実からの飛躍や転換などによって詩を生み出す方法もあることを、忘れないでおきたい。

「虚」の引き出す力

新 緑 の 残 響 は 柩 を 満 た す　　対馬　康子

（『竟鳴』平26）

立夏のころの緑の美しさは、盛夏に向かって生命活動を活発にしてゆく生き物の姿を象徴している。日々緑を押し広げてゆくエネルギーを、樹木はどこに溜めていたのだろう。新緑はたちまち幾重にも層を成して風にさやぎ、柔らかい木洩れ日を落とす。

この句は、そんな明るい「新緑」の季節に亡くなった人を捉えている。葬儀の日、花に縁取られた「柩」の中に納めるものは、これまでも多く詠まれてきた。しかし、この「柩」を満たしているのは、「新緑」の「残響」という見えないものである。しかも、「新緑」が風に鳴る音そのものではなく「残響」であるところに、深い悲しみが読み取れる。

「残響」という言葉は、この世の名残、あるいは形見をイメージさせる。作者にとっては亡き人を悼み別れを惜しむ心情であり、死者にとってはこの世を去ってゆく名残の思いであろう。その両者の万感の思いに替えて、さやさやと風に鳴る新緑の優しい葉擦れの「残響」が「柩」を荘厳し、満たしてゆくのである。

句集『竟鳴』が編まれた時期、作者は父、母、そして兄嫁を亡くしたという。父上の死は〈たましいを攫いに来たる秋祭〉と詠まれ、母上の死は〈母の日の母逝く報を受けてしまう〉と詠まれている。掲出句は、母上の逝去から時を経ずに詠まれた作品であるから、母上の死がテーマになっているのかもしれない。

葬儀という人の世の営みや、深い悲しみの心情を超えて、「柩」は大いなる自然に迎えられてゆく。新緑の「残響」は「柩」をも、作者の胸中をも満たしているのであろう。

写真にはたくさんの息　夏落葉　康子

「たくさんの」人が写った一枚の写真。みんなこちらを向いて微笑みを浮かべている。写っているのがどういう人か、何時のものかは不明なので、自由に想像してみる。入学式、卒業式、結婚式のようなセレモニー、あるいは遠足や旅行先の集合写真など。

思い出の写真を見る時、普通は写っている人の顔を眺める。そして、もうすっかり忘れていた人や、懐かしい人、その一枚の写真を撮った日のことなどを思い出す。ところが、作者が見ているのは「たくさんの息」なのである。「写真にはたくさんの顔」ではあまりにも平凡で俳句にならないが、「息」を感じ取ることのできる人はまず居ないだろう。「ハイ、チーズ」などという掛け声とともに切り取られた、たくさんの笑顔と「息」。その時、みんな確かに生きていたという実感。

集合写真を撮った時、その人たちが生きていたのは当然だが、こんな当たり前のことを思うのは、その写真に写っている人の中に、亡くなった人があるからだ。

この句の季語が「夏落葉」であるということが、そのことを語っている。

「夏落葉」は冬の落葉と違って、樫や椎などの常磐木落葉であるから、一斉に散るということはない。一枚一枚、役割を終えて、ひっそりと落ちてゆく。「あの時あんなに元気だった人が、今はもう居ないのだ」という不在感。写真に満ちていた「息」が、「夏落葉」のように少しずつ、確実に欠けてゆくのである。

立秋や雑木は影をつなぎ合う　康子

句集『竟鳴』の「あとがき」によると、「竟」という字は音が人に届くことであり、「竟鳴」とはその届いた音がまた鳴ることだという。作者は「俳句」という「祈りの音」が、「普く鳴り響き広がるさまを思って」この言葉を作ったのである。

掲出句は風景が鮮明で作者の意図もわかるが、「影をつなぎ合う」のが「樹木」ではなく、「雑木」であることを読み落とさないでおきたい。「雑木」は、良材とならない種々雑多な樹木のこと。しかし、葉を落として腐葉土を作るので、生き物を育むことができるのである。

「立秋」を迎えて大気が澄んでくると、「雑木」は己を覆っている葉を美しく色付かせる準備をする。そして雑木紅葉の華やかな季節が過ぎてしまうと、「雑木」はみんな裸木になってしまう。一本一本の「雑木」は孤立していて、互いに枝を繋ぎ合うことはできないけれど、「影をつなぎ合う」ことはできる。そうして、秋から冬へという移りゆく季節を互いを確認するように、あるいは支え合うように生き抜くのである。

この句は擬人法を用いて、雑木が意志をもって「影をつなぎ合う」ように表現しているが、そこに作者自身の思いが感じられる。人と人が響き合うように、繋がってゆくものであって欲しいという祈り、それが「影をつなぎ合う」雑木に投影されているのである。

「実」に即して描く

草を擦りつつ上りゆく鯉幟　　広渡　敬雄　（『間取図』平28）

端午の節句を迎えた空に、無くてはならないものは鯉幟である。青空に揚げられた鯉幟が風を力に悠然と泳ぐさまは、夏の到来を告げるにふさわしく、男児の健やかな成長を祝福するかのようだ。

歳時記によれば、端午の節句は平安時代に中国から伝わった風習である。しかし、鯉幟が登場するのは江戸時代からであり、当時は紙で作られていた。歌川広重の『名所江戸百景』「水道橋駿河台」に富士山を彼方に、鯉幟が高々と泳ぐ様子が描かれている。この「鯉幟」が布製になるのは昭和に入ってからで、現在はほとんどが化学繊維製。大空を彩る「鯉幟」は比較的歴史が新しいのである。

鯉幟を詠んだ句は多いが、鯉幟が揚げられる場面を詠んだ句は珍しい。この句の読ませどころは「草を擦りつつ」にある。この活写によって、「鯉幟」が揚がってゆく様子が見えるのである。

それだけではない。第一に、初夏のころの草の丈や匂いが感じられる。「鯉幟」に草の匂いが移りそうなリアリティーだ。第二に、草の上に横たわっている「鯉幟」の姿が見える。草の緑と鯉幟の鮮やかな色彩の対比が際立つ。第三に、重量というほどではないけれど「鯉幟」の重さが感じられる。さらに、綱を手繰る人の手に従って、一息ずつズズ、ズズと「鯉幟」が揚ってゆく様子が見える。地に横たわっていた時は平たい布でしかなかった「鯉幟」が、人の手によって天上のものとなった時、「鯉幟」は風を得て本来の姿を現す。

この句はどこまでも実に即して描写することで、「鯉幟」が力強く空へと揚がっていく姿を捉え得た。そこに、端午の節句を迎えた子どもたちへの祝意が込められている。

山霧の通り過ぎたる茅の輪かな　敬雄

陰暦六月三十日は「名越《なごし》の祓《はらえ》」である。各地の神社では「茅の輪」を掲げ、形代流しなどの神事を行い、半年の厄を祓って、残り半年の無事を祈る。

茅の輪は茅《ちがや》や藁を紙で束ねて直径数メートルの大きな輪にしたもので、鳥居や参道などに設えられる。参拝に訪れた人は、これを三回潜って無病息災を祈願するのである。

この句は、「山霧」と「茅の輪」だけで詠まれていて句意が明瞭。特別なことは言っていないから読み過ごされてしまいそうだが、一句の構図が見事である。上五に「霧」ではなく「山霧」と置いたことで、山の麓に建てられた神社であることがわかるからだ。「茅の輪」を過ぎ行く「霧」は山から降りて来たものである。また、神社は山そのものを御神体とすることも多いから、神殿の後ろに山が迫っていることが想像できる。山には高さがあるから、一句の風景は立体的だ。神社を従えた山は聖なる空間であり、そこから降りて来た「霧」も清浄なものだ。その「霧」が「茅の輪」を「通り過ぎ」てゆくというのだから、「霧」の動きによって山・神殿・茅の輪という位置関係が見えてこよう。

この句は、「山霧」と表現したので時間は不明だが、普通霧が発生するのは朝か夕方、あるいは雨上がりである。どの場合も趣があるが、早朝の風景と読むと、「茅の輪」が瑞々しい。作られたばかりの「茅の輪」は緑が艶やかで、青々とした香りを放っている。そこをひんやりとした朝の霧が通っていったとしたら、それこそ山の神が浄めたような清々しさで、夏祓にふさわしい。ことさらなことを言わず、極めて正確なデッサンによって描いた一句なのである。

雪吊のなかにいつもの山があり　敬雄

俳句は本来関係の無い「もの」と「もの」との間に関係性を見出すことで、それまで気が付かなかった日常の風景を、新鮮なものとして描くことができる。

「雪吊」は雪国の風物詩とも言えるもので、実用的なものでありながら、支柱から垂らした縄が一本一本の枝に結ばれている姿は実に美しい。そんな「雪吊のなか」に「いつもの山」が収まっているのだから、特別なことは何もない。しかし、「雪吊」が外されたらどうだろう。「いつもの山」は収まるべき場所を失い、遠くに聳えているだけだ。木もまた親しげに「雪吊」の中に収まっていた山を失う。

この句は「雪吊」という装置を設定することによって、「いつも」の見慣れた山と、「雪吊」の中心にある一本の木に新たな関係を作りだしたのである。

予定調和を超える

平成三十年二月二日、長野県の諏訪湖に「御神渡《おみわたり》」が出現した。「御神渡」は湖が全面結氷した厳冬期に起こる現象で冬の季語。湖面に大きな亀裂が走って湖を二分し、その裂け目に沿って氷が鋸形に隆起する。諏訪大社では、これを古来、上諏訪の上社の男神が下社の女神のもとへ渡る道だと言い伝えてきた。

この「御神渡」を判定するのは八剱《やつるぎ》神社で、「御渡り神事」は諏訪市指定無形民俗文化財。宮司・氏子総代以下、精進潔斎した人々が一之御神渡・二之御神渡・佐久之御神渡を拝観し、始点（下座《くだりまし》）と終点（上座《あがりまし》）の湖岸地点を検分して「御神渡」の出現を確認する。

一之御神渡は最初に出現した南北に走る道、その数日後に同じ方向に出現したものが二之御神渡、東岸からできて一之御神渡・二之御神渡に直交するものを佐久之御神渡と呼ぶ。「御神渡」の最古の記録は室町時代の応永四（一三九七）年で、約六百年前のこと。神社の記録は現在までおよそ五百七十年に及ぶが、そのすべてに一之御神渡以下の記載があるという。御神渡は、その年の農作物の豊凶を占う上でも重要だったからである。

私が諏訪湖を訪れたのは二月六日の朝。立春を過ぎて「御神渡」は透明な光を放ち、彼方に富士山がくっきりと姿を見せていた。

「表記」の広げる世界

あきつしま祓へるさくらふぶきかな　恩田侑布子（『夢洗ひ』平28）

「あきつしま」は漢字で書くと秋津洲・秋津島、また蜻蛉洲とも書く。『古事記』の国生み神話で、イザナキとイザナミが最後に産んだのが大倭豊秋津島《おおやまととよあきづしま》（またの名を天御虚空豊秋津根別《あまつみそらとよあきづねわけ》という）で、本州のことである。「あきつ」は蜻蛉の古代の名称で、蜻蛉のような形の島との意味だが、古くから大和の国の異称として用いられて来た。『万葉集』などでは、大和に掛かる枕詞としても登場する。

掲出句の「あきつしま」は、日本という国全体を指していると思われるが、神話を背景とする古代の趣とともに日本列島の形が思い浮かぶ。桜前線はほぼ南から北へと日本列島をさかのぼるから、咲き終わった桜が桜吹雪となって、日本列島を祓い浄めてゆくというイメージは清らかで美しい。桜吹雪が幣のように、列島を浄化し、言祝ぐのである。ただし、私たちに馴染みの深い染井吉野が誕生するのは、江戸時代も中期から末期であるから、作者は山桜をイメージしているのかもしれないが、ここでは広く「桜」と捉えたい。

「あきつしま」を「祓」うことのできる花は「桜」以外には考えられない。それも咲き満ちた爛漫の桜ではなく「さくらふぶき」であることも、日本という国が限なく浄められるイメージをもたらす。桜前線の北上には一ヶ月以上の時を要するから、その長い時間をも捉えることに成功している。

また、掲出句が成功したのは、平仮名表記の効果に負うところが大きい。「秋津洲祓へる桜吹雪かな」と比較すれば明らかだ。これでは日本列島も風に舞う桜吹雪も見えては来ない。「祓」一字を漢字にして、ほかをすべて平仮名にしたことで、どこか夢幻的とも思える一句に仕上ったのである。

小さき臍濡らしやるなり花御堂　侑布子

四月八日は仏生会。誕生仏に香湯を注ぐ行事は、奈良時代から行われて来た。その時、小さな誕生仏を「花御堂」に祀るのは、次のような伝説に基づいている。

摩耶夫人はお産のために生家デーバダハ城に向かう途中、ルンビニ公園の無憂樹の花の咲き乱れる下でしばし休息をした。そこで、無憂樹の美しい花を摘もうとして手を差し出した時、右脇から釈迦が産まれたというのである。

「花御堂」が花々で飾られるのは、この伝説にちなんでいる。摩耶夫人は存在しないが、花御堂そのものが産屋なのである。甘茶は産湯で、八大竜王が甘露の雨を降らして太子を湯浴みさせたという伝説による。この句の作者は、その誕生仏の「臍」を濡らしてやるという。

「臍」は釈迦と摩耶夫人が臍の緒で繋がれていたことの証。「右脇から産まれた」と伝説は伝えるが、「臍」は釈迦が人の子として母の胎内で育ったことを語っている。人々を救済するために苦難の道を歩むことになる釈迦が、「臍」を持っているということで、釈迦の人間性がより近しいものに思える。

誕生仏を甘茶で濡らす場面は様々に詠まれているが、この句は「臍」を捉えたことで写生を超えたのである。

羊水の雨が降るなり涅槃寺　侑布子

こちらは「涅槃」であるから釈迦の入滅で、旧暦二月十五日。涅槃会を執り行う寺には涅槃図が掲げられる。その涅槃図には、死に瀕する釈迦を救おうとして摩耶夫人が投じた薬袋が描かれている。しかし、薬袋は菩提樹の枝に引っかかってしまい、釈迦に届かないのである。そんな「涅槃寺」に、作者は「羊水の雨」を降らせる。釈迦が死して母の胎内に還ってゆくかのような一句。

釈迦の誕生も入滅も、母なるものの存在を通して描かれていることがわかる。

この亀裂白息をもて飛べと云ふ　侑布子

差し迫った状況の中で、足元に走る深い「亀裂」を飛ぶよりほかないといった情景が思い浮かぶ。凍てついた大地に走る深い裂け目。そこに潜む闇。作者に聞こえているのは誰の声なのだろうか。

ここに描かれている「亀裂」が現実のものではなく、人生における決断の時を象徴していることは明らかである。しかし「亀裂」というような、平凡とも思える言葉を用いながら、教訓的で平板な句に陥らないのは、句に緊張感が漲っているからである。

第一に、「飛べ」と命じている「声」の主が明かされないことで、句にミステリアスな味わいが生まれた。第二に、「白息」に一途さや真摯な思いが感じられる。そして、上五に「この亀裂」と置いたことで、情景が映像化されて臨場感が生まれた。「亀裂」と「白息」だけで、これほどの切迫感を描いてみせたのである。

不思議を作り出す

吾が肝に鈴つけてみん朧の夜　山口　昭男　（『木簡』平成29）

「朧の夜」と「鈴」の組み合わせなら、伝統的な美意識の範疇にあるものである。聞こえて来る鈴音は妖艶にして美しい。これが、胸中や心中から聞こえる鈴音となると幻想的。ところが、自分で自分の「肝」に「鈴」をつけるとなると、不気味さや違和感とともに不思議さが生まれる。

おそらく「朧の夜」のつかみどころのない、果てしなく濃密な闇が、自己の存在を危うくするのである。だから、自分自身の存在を確かめるために、体内に鈴をつけようというのだ。そのためには、心や胸や魂といった情緒的で甘やかなものではなく、「肝」でなければならない。かつて少年だったころ、夏の夜に肝試しをして勇を誇ったようにだ。そのように「肝」に「鈴」をつけて、「朧の夜」に己の存在を見極めるのである。

木簡の青といふ文字夏来る　昭男

山口昭男氏が生涯の師と仰ぐのは、波多野爽波と田中裕明の二人である。句集『木簡』には二人に捧げる句が収められている。

〈赤だしの鋭き粗も爽波の忌〉は爽波の忌日句。爽波が亡くなったのは平成三年十月十八日。「赤だし」を啜りつつ、椀に沈んでいる魚の「粗」の鋭い骨に刺されないように用心しているのだ。何でもない日常の中に、不意を突くように立ち上がってくるのが爽波の句だ。深い敬愛の念を抱きつつ、今も油断のならない怖い存在であることを表明している。一方裕明への句は〈日記には葵祭と書きしのみ〉。田中裕明の代表句〈大学も葵祭のきのふけふ〉を踏まえている。田中裕明が亡くなったのは平成十六年十二月三十日で、記憶に新しい。四十五歳の若さだった。

「木簡」は発掘によって見つかる、墨書のある木片のことを言う。掲出句の「木簡」も、どこかの発掘現場から出土したものだろう。出土品の展示会場か何かで見た「木簡」に、偶然「青」という文字を見つけたのである。木簡がいつの時代の物で、何に使われたのかは不明。どういう文脈に用いられていたのかも不明だが、「青」の一字が鮮やかに目に飛び込んで来て心惹かれたのである。

作者にとって「青」は、波多野爽波が創刊した俳誌「青」を呼び起こす字であり、そこに集って研鑽した日々や田中裕明をはじめ、若き日の仲間を思い出させるものなのである。その、懐かしくも若く輝いていた瑞々しい日々。「青」という文字が、立夏のころの青葉の輝きを思わせるのである。作者にとって「木簡」は、「青」の一字があることで思いがけず記念碑となった。それが、失われた時間であるだけに、一層美しい。

しかし、それらはすべて作者の心の内にあるものだ。出土した一枚の「木簡」と、そこから感じ取る清々しい夏の到来だけが描かれている。

さからはぬ子規の妹烏瓜　昭男

子規の妹律《りつ》が生まれたのは、明治三（一八七〇）年十月一日で、子規より三歳年下だった。二度の結婚を経て実家に戻っていた律は、明治二十一年に子規の看病のために母とともに上京し、根岸で同居生活を始める。

子規は律に対して「木石の如き女だ」「強情だ」「冷淡だ」などと愚痴を言う一方で、「一日にても彼女なくば一家の車は其運転を止めると同時に余は殆ど生きて居られざるなり」「雇ひ得たるとも律に勝る所の看護婦即ち律が為すだけのことを為し得る看護婦あるべきに非ず」と感謝の思いを綴っている。

思うに、子規は発病後も句会や歌会を開くなど、俳人歌人との交流が頻繁で、静かな闘病生活ではなかったから、子規の生活に必要な衣食などを整え、看病に明け暮れる生活は忍耐そのものだっただろう。子規の主治医、宮本仲は律の「女中の役、細君の役、看護婦の役と朝から晩まで一刻の休みもない」誠心誠意の看病ぶりを称賛したという。

作者は「さからはぬ」という言葉で、どこまでも兄を受け入れる律の生き方の本質を捉えたのである。そんな律の存在は、晩秋の寂しい野に赤く熟して垂れ下がっている「烏瓜」そのものだ。烏瓜もまた、蔓に従って逆らわない。季語が一句を決定したのである。

芳醇なる歳月を読む

まゆはきを俤《おもかげ》にして紅粉の花　芭蕉

六月になると、紅花《べにばな》がオレンジ色の花を咲かせる。

紅花は紅色の染料になることから、エジプトやインドで数千年前から栽培が始まっていたという。ミイラの着衣から紅花の色素が認められたとのこと。日本でも上代には栽培され、『万葉集』には「くれなゐ」の名で詠まれている。平安時代には広く栽培されたが、近世初期には山形が代表的な産地になった。特に最上《もがみ》紅花は気候が栽培に適していたことから、高品質として珍重された。花びらが染料になるので、花がもっとも紅くなるのを待って摘み取るという。こうして摘み取った紅花は、京都や大阪に出荷された。江戸紫に対する京紅は、最上の紅花によって作られたのである。

芭蕉が、『おくのほそ道』の旅で尾花沢に着いたのは、元禄二（一六八九）年五月十七日。陽暦にするとちょうど紅花の咲くころである。芭蕉は紅花問屋清風の館で歓待され、十日間の長逗留をする。掲出句は館を去る日に詠まれた一句。花の形が眉刷毛に似ていることから「俤」という表現を使った挨拶句である。芭蕉ゆかりの紅花は山形県の県花でもある。

円熟の視点

みどり透く神の色なる子かまきり　　鍵和田秞子

（『濤無限』平26）

カマキリが産卵するのは十月から十一月で、枯れた草木などに卵鞘《らんしょう》と呼ばれる泡状の粘液を産み付ける。

産みたての卵はふんわりと柔らかいが、やがて茶色の頑丈な塊になる。大きさはカマキリの種類によって違うが、およそ二、三センチから大きい物で四センチくらい。この中に数百個の卵が入っている。卵はこの状態で越冬し、翌年、五月から六月にかけて一斉に孵化する。卵鞘からぶら下がるように次々と出て来るのだが、生き残れるのは一割にも満たないという。

この句は生まれたばかりのカマキリが、透明なみどり色であることを捉えている。新緑の季節に、「みどり透く」ような色で生まれてくるカマキリ。まるで、命そのものが透き徹っているような瑞々しさであり、「みどり」「かまきり」の平仮名表記が、初々しい色やしなやかな体を思わせる。しかも、幼いながら親とそっくりな形をしている不思議。カマキリは不完全変態の昆虫なので、成虫も幼虫もさほど変わらない体つきをしているのである。

掲出句の「神の色」という表現は、神のみが与えることのできる色という意味だろうが、生まれながらにしてカマキリの形であることに感嘆する気持ちも籠められている。「神の色」は神の造化の不思議を捉えた言葉なのである。すべて生き物は命の受け渡しをするが、その典型として「蟷螂」を捉えることに成功しているのである。

晩年や夜空より散るさるすべり　　柚子

鍵和田秞子氏は、昭和七（一九三二）年二月二十一日生まれ。掲出句が詠まれたのは平成二十二年で、七十九歳の時であった。

句集では、この句の前に〈たらちねの母をはげまし百日紅〉が収められているのだが、作者の母上は百歳の天寿を全うして、この時すでに他界。そうすると掲出句は、「かつて晩年の母に降った百日紅が、今、私に降っている」という意味に読める。

もともと、この作者は表現方法として上五を「や」で切る形は珍しくないのだが、ほとんどは季語に切字「や」が付く形。そういう点からも、「晩年や」という打ち出しはかなりインパクトが強い。『濤無限』にはもう一句〈残生や蓮の実飛ぶを待つことも〉という句があって、同じ形式である。作者の中で老いの意識が高まっているということなのだろう。どちらの句も胸を打たれるが、より鮮烈なのは「晩年」の句である。

考えてみると、晩年という言葉の先にあるのは「死」であり、「死」への感慨なくしてこの言葉が用いられることは無い。そう考えると、まるで散華のように「夜空」から散る「さるすべり」は、艶やかに美しく切ない。百日紅の花には白・紫・紅とあるが、この句には紅がふさわしい。夏の百日を咲き通す生命力の強い花が、紅い小さな花びらを闇の中から散らして、作者を荘厳するのである。

「晩年」という未知の世界へ堂々と踏み込んでいく作者の姿が見えるような作品である。

朽つるまで笑まふみほとけ雲雀東風　　袖子

みほとけは禱りに痩せて冬日影

「みほとけ」を詠む視点として、「笑まふ」や「禱り」はすでに仏に含まれているので、これらの言葉を使うとほとんどの場合、平凡な作品になる。ところが、この二句は「笑まふ」「禱り」という視点を極めることで、仏の本質を際立たせることに成功している。

前句は「雲雀東風」という、春爛漫の長閑な風の中に佇つ「みほとけ」の笑みである。「雲雀東風」の効果で、飛鳥仏などの大陸風の、アルカイックスマイルを浮かべた木像の御仏が思い浮かぶ。それだけに、朽ち果てるまで長い歳月、笑みを湛え続けなければならないことに哀れが感じられる。

一方、後句は「冬日影」とあるから、冬の明るい日差しも届かないような、御堂の深くに安置されている仏だろう。ほっそりとした美しい仏の佇まいが思われる。「禱りに痩せ」るのは、人々の「禱り」を一身に受けつつ、仏自身も禱りに身を捧げているからで、憂いを含んだような優しい眼差しが思われる。

仏は本来、人界を超越した存在であるが、あえて人間的な近しい存在として突き詰めたことで、逆に作者の人柄が一句の背後に滲んだ作品になったのである。これら二句は仏を題材として、いわゆる写生によっては得られない、対象との一体感によって詠み得た作品だと言える。

唯一無二の言葉で捉える

蟬時雨一分の狂ひなきノギス　辻田克巳（『春のこゑ』平23）

以前、関東からやってきた大学生たちと盛夏の宇治平等院あたりを散策していた時、学生たちが蟬時雨の音が普段と違うと言ったので驚いた。蟬の声が豊富で重圧感があるという。おそらくは関西に多い熊蟬がシャッシャッシャッシャッと大きな声で鳴き続けるからで、そこに油蟬やみんみんが加わるとかなりのボリュームになる。平等院あたりは鬱蒼とした樹木に覆われていて、木陰が涼しく、空蟬を見つけることも多い。

辻田克巳氏は宇治木幡在住。掲出句の詠まれた場所は定かではないが、「蟬時雨」という季語から、前述の豊かな蟬声のイメージをもって詠まれていることが想像できる。

この句はいわゆる、二物衝撃の手法をもって詠まれた句で、「A」と「B」というまったく関係のないものに関係性を見つけることで、詩的な世界を作り出すという手法である。

問題は関係性をどう見出すかで、これが平凡では詩にならない。掲出句の場合は「一分の狂ひなき」が「A（蟬時雨）」と「B（ノギス）」の接点である。ノギスとは金属製の物差しで、主尺と副尺で物を挟んだり、物の内側に当てたりして長さや厚さを測ることができる。片や一分の狂いもない「ノギス」、片や一分の隙間もなく、蟬の声で埋め尽くされている完璧な「蟬時雨」。金属製の計測器と手にすることができない音を結びつけた「一分の狂ひなき」という表現は、置き換え不能の詩的な言葉なのである。

寂しさに音ありとせば鉦叩　克巳

秋の夜長に「鉦叩」の声などが聞こえてくると、誰しも寂寥感を呼び覚まされる。これを「寂しさを呼び覚ますなり鉦叩」などと詠んだのでは平凡。この詠み方では「寂しさ」が一句の答えになってしまう。

掲出句は、「寂しさ」が「音」をもっているとするならば、それは例えば「鉦叩」の音だと表現して妙味を出している。寂寥感という捉えようのない心情を、「音」という聴覚に転換したのである。

これは中七に用いた「せば」の効果なのである。つまり、「もし……だったならば」というやや複雑な意味合いを文語表現によって表したことによる。「せば」を用いないと「寂しさに音あるならば鉦叩」とでも詠まざるを得ないが、「あるならば」では説明的で内容が生きない。古語をスパイスのように効かせることで、一句は内容も調べも引き締まるのである。

辻田氏は「文語脈」ということを重んじる作者である。日常卑近な言葉や口語を使って一句を仕立てる場合でも、文語脈にのせることで破綻せず、味わいのある表現になる。

例えば、〈いつしかに友でなくなり秋の風〉という一句においても、「いつしかに」という文語的表現が絶妙。いつの間にか人と人とが疎遠になって、あるいは近くにいても心が通わなくなって、「友」と呼べる存在でなくなってゆくことの寂しさが、「秋の風」によってしみじみ伝わる。文語ならではの洗練された表現が生きていることがわかる。

真言の闇へ寒鯉沈みゆく　克巳

殷々と闇厚きのみ除夜の鐘

句集の最終章に収められた作品で、ともに「闇」を描いて重厚である。前句は「真言の闇」という表現のインパクトが強く、「寒鯉」にも存在感がある。この句は句集の中では「東寺」と前書の付いた一連の作品の中の一句なので、京都にある東寺の池を題材としていることがわかる。東寺は真言密教の寺院であるから、「真言の闇」という表現が生まれたのだろう。漆黒の池を秘められた真理の闇と見ることには作者の哲学とも言うべき人生観が感じられるが、そこに静かに身を沈めてゆく「寒鯉」を配することで、句にリアリティーをもたらしている。

後句は「除夜の鐘」の響きを「殷々」と捉え、鐘が鳴るたびに闇が重なってゆくような趣である。例えば「殷々と闇厚くなる除夜の鐘」と比較すれば、「のみ」と限定したことで切れが生まれ、内容も調べも峻厳な味わいが強くなることがわかる。去り行く年の感慨も、未知なる時間への期待や抱負も呑み込んでただただ厚い闇のみが存在しているのである。この句は掉尾に置かれた作品である。

辻田克巳氏は、昭和六年生まれ。このような寸分の甘えもない圧倒的な厚みをもった「闇」は、歳月を重ねなければ詠み得ない。

挽歌の伝統

『万葉集』の編纂に大きく関わったとされる大伴家持に、弟書持《ふみもち》の死を悼む歌がある。家持が越中国守として赴任した年の九月に詠まれたもので、家持は二十九歳。弟の年齢は不詳ながら若くしての逝去であった。

歌は〈天離《あまざか》る　鄙治めにと　大君の　任《ま》けのまにまに……〉と長歌で始まる。越中に赴くにあたって、二人は泉川の河原に馬を留めて別れを惜しんだ。その時、家持は〈ま幸くて　我れ帰り来む　平らけく　斎《いわ》ひて待て〉（無事で私は帰って来よう、お前も変わりなく無事を祈りつつ身を慎んで待っていてくれよ）と告げた。ところが、弟は程なくして亡くなった。長歌は短歌二首によって結ばれている。

その短歌一首に、〈かからむとかねて知りせば越の海の荒磯の波も見せましものを〉（巻一七・三九五九）とある。こんなことになるとわかっていたら、この越の海の荒磯に打ち寄せる波でも見せてやるのだったと弟の急逝を嘆いているのである。弟は海など見たこともなかっただろう。突然の訃報に愕然とする家持の悲しみが伝わる。

『万葉集』において、挽歌は相聞・雑歌と並んで大きな柱を成している。皇尊《すめらみこと》から、名も無き人々の死まで、『万葉集』に収められている挽歌は約二五〇首にのぼるという。挽歌の伝統は現代へと続いている。

喪失と向きあう

尋常の死も命がけ春疾風　　正木ゆう子　（『羽羽』平28）

句集『羽羽』は一五の章からなり、一章ごとに作品としてまとまっている。掲出句はその第五章「羽羽」に収められていて、一六句で構成。第一句は〈春の雷外輪山を踏みわたり〉とスケールが大きく、産土の地熊本へ帰った作者が、母の死という一大事を迎えることになる予兆のような作品である。第二句は〈巣つばめの押し合ふ頃のひと日雨〉である。さりげなく置かれているようだが、雨の日の「巣つばめ」に、作者自身の幼い日が重ねられているように思える。一日降り続く雨が、句に不安な影を落としている。そして第六句に〈けふ母を死なさむ春日上りけり〉と、いよいよ迫る母の死への覚悟の句があって、掲出句へと続く。

掲出句の「尋常の死」とは、事故や奇禍などによるものではなく、病気や老いなど自然がもたらす「死」を言うのだろう。いわば誰もがいつかは迎えなければならない「死」である。

作者は、そんな死を迎えることも「命がけ」だという。死が命がけであるという表現には矛盾があるように思える。しかし作者は、命の瀬戸際にあって死と闘っている母を看取りつつ、その渾身の闘いが死を受け入れるためのものであることを、深い悲しみをもって見つめているのである。病室には明るい春の日差しが降り注いでいるのだろう。今にも母の命を攫ってゆきそうに、「春疾風」が吹き荒れている。

この章は〈たらちねのははそはのはは母は羽羽〉の表題句によって締めくくられる。「たらちね」も「ははそは」も「母」に掛かる枕詞。枕詞を重ねて「母よ母よ」と呼び掛けているのである。「羽羽」は辞書的な意味としては大蛇だが、古来蛇は神であり強い再生力を持つ。作者はあとがきで「羽羽」は大きな翼という意味だと書いている。そうすると季語としては働かないが、イメージは美しく安らかだ。一章を通して読むと、命がけで手に入れた死によって、母は大いなる翼を賜ったと読む事ができる。作者はその大きく柔らかい翼に護られているのである。この章は母の死をテーマとする物語として完成されている。句集『羽羽』は、優れた構成力で編まれているのである。

その奥に梟のゐる鏡欲し　ゆう子

熊本城の近くに藤崎台という台地があって、七本の樟の巨木が保存されている。この地には明治十年まで藤崎八旛宮が在ったが、西南の役でことごとく焼失。樟だけが残った。藤崎八旛宮は承平三（九三三）年の勧請と伝えられ、樟はその社叢《しゃそう》であった。大きなものは根回り三一メートル、高さは約三〇メートルで樹齢一〇〇〇年。樹勢は今も盛んで、国の天然記念物に指定されている。「あとがき」によれば、この樟にしばらく梟が棲んでいたのだという。

樟の巨木と、そこに棲んでいた梟という題材から、このような作品が生まれることに驚く。

掲出句では、樟は消し去られていて梟だけが詠まれている。いつの間にか姿を消してしまった梟が、鏡の奥に棲んでいるという発想だ。鏡が現実を映し出しつつ、時に現実には存在しないものをも映し出すという手法はよく使われるが、作者は鏡の中の世界に梟を棲まわせる。作者にとって梟は、産土の失われゆく自然の象徴でもあるのだろう。鏡は梟を呼び寄せるための依り代。鏡の奥には梟の生きる深い森が広がっている。それは太古の森へと続いている。

降る雪の無量のひとつひとつ見ゆ　　ゆう子

句集『羽羽』は、平成二十一年から二十七年までの作品が収められている。その中には、〈真炎天原子炉に火も苦しむか〉〈絶滅のこと伝はらず人類忌〉など、私たちの日常を根底から揺るがした巨大地震と原子力発電所の事故という未曽有の惨事が詠まれている。さらに、平成二十八年の春には熊本で大地震が発生し、作者は心痛の中で句集の「あとがき」を書いたのだった。こんな状況にあって、掉尾に置かれたのが掲出句である。

天から果てしなく降り続く、計り知れない雪の「ひとつひとつ」が見えるという。作者は雪を眺めつつ、この句集に収められた歳月を回想しているのだろう。誰も予測し得なかった大惨事が、作者に透徹した眼差しをもたらしたのである。句集の掉尾を飾るにふさわしい一句である。

天の恵み、人間の営為。私たちが長い歳月をかけて築き上げて来たものは一体何だったのか、未来に救いはあるのか。大きな問い掛けに、雪は天上から静かにひとひらひとひら落ちてくるばかりである。

老境の芸

かの人を思ふよすがの玉椿　後藤比奈夫（『あんこーる』平29）

句集『あんこーる』は第十五句集。平成二十七年の夏から、二十九年四月に百歳の誕生日を迎えるまでの作品が収められている。「あとがき」には「蟄居半病身の日常」と書かれているが、日常身辺の題材が豊富で、時々は旅に身を置いておられるかと思うほど、吟行句に臨場感がある。「工夫をすればこの位の句は作れるという見本にでもなれば」と記されている通りで、掲出句なども工夫というより芸の力が感じられる。

何かを契機として、誰かを偲ぶという手法は詩歌においては珍しくない。和歌にも〈五月まつ花橘の香をかげば昔の人の袖の香ぞする〉とある。花橘の香りが昔の恋人を思い出させるのである。この手法は俳句表現においても一つの型になっている。しかし、凡手がこの型を使うと、ありきたりの報告句に終わる。掲出句の場合は季語を椿の美称「玉椿」としたことで句に気品が備わった。さらに、「よすが」という古語を斡旋したことで古風な趣が加わった。その結果「かの人」が佳人であることが想像され、句に艶が生まれた。

「よすが」は、手段とか手立てという意味だが、万葉の時代にさかのぼる古い言葉で、古典的な響きをもっている。これを「よすがの玉椿」と助詞「の」でなめらかに「玉椿」に繫いだことで、「五月まつ花橘」の和歌に連なる、優美な一句に仕上がったのである。

受けてみよ上寿の老の打つ豆ぞ　比奈夫

この場合の「上寿」とは、人の寿命の長さを上・中・下に分けた時の最も長いもので、百歳のことを言う。

百歳の誕生日を目前にしての節分詠で、春を迎える思いとともに自祝の気分が働いている。何しろ「上寿」という言葉は百年生きなければ使えないのだから、めでたさこの上ない一句である。

この句の持つ洒脱な味わいは、「受けてみよ」と言い放った上五の命令形が、句末の「ぞ」と組み合わされたことでもたらされた。「受けてみよ上寿の老の鬼打豆」と下五を名詞止めにした場合とを比較すれば明らかだ。歌舞伎や狂言のような語り口を生かして、一句の中に相手を引き寄せる勢いとユーモアがある。上寿の老の打つ豆には、鬼も太刀打ちできないだろう。

この句を音読した時の晴れやかさは、語り物の芸が下敷きになっていることで生まれる。これもまた上方の芸。句に品と艶と華やぎが備わっている。

起し絵を見せて見送る仏かな　比奈夫

平成二十八年六月二十六日、「諷詠」主宰で、子息の後藤立夫氏が逝去された。七十二歳だった。「諷詠」は比奈夫氏の父、後藤夜半が昭和二十三年に創刊した老舗俳誌で、立夫氏が三代目の主宰を務めていた。逝去の翌年、遺句集『祇園囃子』が上梓された。

立夫氏の『祇園囃子』という句集名は、掉尾の一句、〈ころはよし祇園囃子に誘はれて〉との辞世の句から付けられた。刊行年は平成二十九年の五月。『あんこーる』の刊行年も同じく平成二十九年の八月。二冊の句集は前後して刊行された。『あんこーる』には、息子を送らねばならない父の悲しみの句が何句も収められている。掲出句もその一句である。

「起し絵」は、今では珍しい夏の季語で、立版古《たてばんこ》とか組立灯籠などとも呼ぶ。厚紙で裏打ちした人や木などを何列かに配して、芝居の一場面や物語の見せ場を表した切抜絵である。かつては夜蠟燭や豆電球をつけて、芝居を見るように楽しんだ。懐かしい子どもの遊びである。

掲出句は「仏」を「見送る」とあるから、通夜の一室かもしれない。「起し絵」に描かれているのがどういう場面なのか、なぜ「起し絵」が置かれているのか、何も書かれていないが、あの世に旅立つ息子に、この世の名残として「起し絵」を見せるということに、父の慟哭の思いが溢れている。

〈戻り来よ祇園囃子が聞ゆるぞ〉の句には「七月十六日　立夫三七日」の前書が付いている。息子の辞世の句に応えた一句である。祇園祭は前祭の宵山を迎えて、鉾町にあでやかに祇園囃子が流れる。翌日は山鉾の巡行。比奈夫氏の〈東山回して鉾を回しけり〉の名句が思われる。父と子の二冊の句集による見事な贈答句である。

見えない力を詠む

京都の和菓子は一月の花びら餅に始まって椿餅、蓬餅、鶯餅、桜餅、花見団子、粽、柏餅、そして夏祓の季節に無くてはならない水無月など、身近な季節の楽しみとして欠かせない。

京都西陣にある老舗の和菓子店は、二階に甘味処があって、カウンターに座ると、眼の前で菓子職人が季節の生菓子を作ってくれる。九月の初旬に用意されていたのは薄紅色の菊と、そぼろ状の緑と紫の餡を散らして萩に見立てたものだった。中に包まれているのは、菊はいんげん豆を使った白餡、萩は小豆の粒餡と聞いて、菊を注文してみた。菊はへらを使って花びらを作り出すので、誤魔化しがきかない。裏ごしで作り出した黄色い花弁を中央に載せて、たちまち品良く仕上がった。練り切りは出来立てが最もおいしいと教わって食べてみると、香りと弾力のある歯応えが絶妙だった。

辻ミチ子『京の和菓子』（中公新書）の「あとがき」に、京都の和菓子職人の戒めが書かれている。「あざとい」ことを排する、というのである。材料の吟味も手間暇も技術も徹底して追究し、「とことんやって、ちょっと引く」というのが心得だという。引き加減こそが腕の見せ所なのだろう。

句に流れる時間を読み取る

日々落葉みづうみ神へ返すべく　西村　和子（『椅子ひとつ』平27）

山々を華麗に彩っていた紅葉や黄葉も、晩秋から初冬のころには次々と葉を落とす。このころには、可憐に水辺を縁取っていた溝蕎麦や野菊、竜胆などの花々は枯れ、ピクニックや散策などで楽しんでいた人々も去り、「みづうみ」は、周囲の山や木々を映し出したまま、ひっそりと静謐な世界を作り出す。

この句は、そんな「みづうみ」を、晩秋から初冬というやや長い時間の推移の中で捉えている。「日々落葉」という表現が示すように、眼前の景色を捉えつつ、一句の中に過去から未来へと時間を流しているのである。木々はまるで散華のように、一枚一枚葉を落として、「みづうみ」を「神へ返す」。下五の「返すべく」は「返すために」、あるいは「返そうとして」というような意味だろう。助動詞「べし」が句を引き締めている。と同時に、「べく」と連用形にしたことで、上五の「日々落葉」へと時間は循環し、とめどなく落葉の降り続く様子が見える。

もう一つ、「みづうみ」を「神へ返す」主体が「落葉」であるという点にも注目したい。「落葉」は用無きものとしてただ散るのではなく、大いなる自然の力を宿したものとして、次の季節を招来するのである。自然の織り成す儀式のように「落葉」が降ることで、神の支配する季節がだんだんに開かれてゆく。

木々が葉を落ち尽くしたころ、初雪が降るのだろう。いよいよ「みづうみ」は神の領域のものとなり、静寂の中で深い思索の時を迎える。そして、やがて訪れる春に向かって再生の力を蓄える。

学府枯れかの日の我とすれちがふ　和子

西村和子氏にとって「学府」慶應義塾大学は、国文学を志した場であると同時に生涯の師、清崎敏郎との出会いをもたらした場でもあった。作者が十八歳の初夏、当時、慶應義塾高校で教鞭をとりつつ、大学、大学院の講座も担当していた清崎敏郎が「慶大俳句」の句会に、先輩として現れたという。

冬のある日、作者は久し振りに「学府」を訪ねたのだろう。現実の風景に、遠い記憶を重ねつつ、冬枯れの校庭を歩いていると、まざまざと過去の記憶が呼び覚まされる。この句は、現実と過去という二つの時間を、「すれちがふ」という形で一瞬交差させることで、鮮明な一句になった。向こうから、初々しく溌剌とした「かの日の我」が歩いて来るのである。「かの日の我」は今、ここに立っている数十年後の「我」を知るよしもなく、颯爽と通り過ぎて行く。まるで、映画か何かのような、ドラマチックな一場面である。「すれちがふ」と平仮名で表記されたことで、擦れ違う一瞬がスローモーションで捉えられたように、印象的なのである。そして、「かの日の我」が、現実の「我」に重なる歳月が思われるのである。

馬上うるはしく過ぎたり賀茂祭　和子

五月十五日は京都屈指の勅祭、葵祭の日である。新緑の季節に、藤房に飾られた牛車や、十二単衣の斎王代が腰輿《およよ》に揺られてゆく姿は、王朝時代を今に伝えて、豪華絢爛そのもの。総勢五〇〇名といわれる参列者はもとより、馬や牛も葵を身に付けているのが清々しく、葵祭の名前はこのことに由来する。

葵祭は、平安遷都以前は「賀茂祭」と呼ばれた。祭といえば「賀茂祭」を指したことはよく知られている。

祭には白馬も交えて、およそ四〇頭の馬が参列するが、その「馬上」の人々の装束がことに美しい。先頭を行くのは乗尻《のりじり》と呼ばれる六頭の騎馬で、五月五日の競馬《くらべうま》で騎手を務めた人々である。彼らが着ているのは、煌《きら》びやかな舞楽の衣裳。検非違使《けびいし》尉《のじょう》は濃い山吹色、山城使《やましろのつかい》は朱色の装束で馬に乗っている。さらに、騎女《うまのりおんな》と呼ばれる女官たちも若草色や桃色のあでやかな王朝装束に身を包み、凜々しく馬に跨がっている。

掲出句は、古語「うるはし」を最大限に働かせた一句である。「うるはし」には端正である、壮麗である、という意味とともに、色彩が見事であるという意味もある。沿道に立って一キロにも及ぶ行列を眺めていると、初夏の光を浴びながら行く「馬上」の人々が、とりわけ高々と抜きん出て見える。眼前を夢のように、色とりどりの美麗なものが通り過ぎて行く。その感動を、特定の対象ではなく、「馬上」という高さに焦点を絞り、「うるはし」きものとして際立たせてみせた。

象徴としての言葉を読み取る

立つほかはなき命終の松の夏　　高野ムツオ　（『片翅』平28）

陸前高田の一本松といえば、東日本大震災の時にたった一本生き残った松としてよく知られている。

震災前、高田には約二キロに亘って七万本もの松が作り出す美しい景観があった。それを、津波が薙ぎ倒し、震災後わずかに生き残っていた松もやがて死に、壊滅状態となった。だが、奇跡的に一本の松が残ったのだった。この松は樹高約三〇メートル、直径約九〇センチという巨木で、驚異的な生命力で被災地に立ち続けた。人々はそれを奇跡の松とか、希望の松と呼んだ。しかし、震災時に長時間潮水に浸されていた上に、地盤が沈下し、根が常に海水に浸るようになったことなどもあって根が腐食し、存続は絶望的となった。

掲出句の「命終の松」は、この奇跡の松である。結局、奇跡の松は余儀なく伐られ、モニュメントとして復活した。命果ててなお「立つ」ことを強いられている「松」に、厳しい「夏」が訪れるのである。

津波は最大一七メートルの高さでもって、松林を襲ったという。そのことを「松」は後世に伝えなければならない。奇跡的に生き残った「松」が、どれだけ多くの人を勇気付けたことか、これも伝えなければならない。「松」は復興のシンボルとして、被災の語り部としてそこに存在し続けなければならない。

高野ムツオ氏の前句集『萬の翅』(平25)には、震災詠が多く含まれていた。『片翅』は、それから四年の歳月を経て編まれている。高野氏もまた、「立つ」ことを己に課して、震災後の現実を、被災地の声なき声を詠んでいる。

表題句〈福島は蝶の片翅霜の夜〉という句は、片翅をもがれた凍蝶として、日本列島に福島県をその形とともに強く印象付けた。

掲出句の「命終の松」という表現は痛々しいが、人々が手篤く記念碑として再生させたことで、更なる力を得たのだと思う。

南部若布秘色を滾る湯にひらく　ムツオ

若布は乾燥や塩漬けによって保存できるので、年中食卓に上るが、春から初夏にかけて採取されたものが特に風味がよく、俳句でも春の季語になっている。日本では、北海道の一部などを除いてどこの沿岸でも採取でき、おおまかに北方系と南方系に分けられる。この場合、宮城県以北に分布するのが北方系で、これを「南部若布」、または「三陸若布」という。

「南部若布」の特徴は、肉厚で、湯に潜らせると濃い緑になる点にある。掲出句の「秘色《ひそく》」は、秘色色を略した言葉で、『広辞苑』によれば瑠璃色とある。掲出句は、熱湯に潜らせることで、若布が深い瑠璃色を「ひらく」様子を詠んでいるのである。しかし、この「秘色」という言葉は、色の名称だけではなく「秘めた色」という意味をも思わせる。「南部若布」がその身に深く秘めていた瑠璃色が、「滾る」湯に晒されることで現れるのである。

掲出句は、平成二十六年に詠まれた。震災から三年目の春である。南部若布は被災地の海がいち早くもたらした海の幸であった。艶やかに美しい瑠璃色の「南部若布」が「滾る」湯の中で「ひらく」ものとは何だろう。

星雲を蔵して馬の息白し　ムツオ

馬を宇宙空間の広がりの中で捉えた句である。馬の吐く真っ白な息から、それを生み出すものとして、馬の内部に「星雲」を想像したのである。「星雲」とは、光る雲のように見える天体のことで、銀河系の中のガスや塵によってできている。

掲出句は、馬の「息」から「星雲」への飛躍が鮮やかで、「星雲」を馬の体内に収めてみせたことで、馬が神秘的な存在になった。

考えてみれば、遠い昔から、馬は利口で従順であるが故に、農耕に運搬に食用に、あるいは軍用にと、最も有用な家畜として人間とともに生きてきた。いつも時代の要請によって駆り出され、過酷な労働にも耐えてきた。それは、馬力という言葉が示すように、重いものを運ぶ力にたけ、人を乗せて疾駆できるという高い能力を持っていることによる。

そんな「馬」たちの内部に、作者は「星雲」を思う。

逃れようもなく厳しい現実を生きてきた馬たちを、天馬のように、広大な宇宙に解き放ってやりたいのだろう。しかし、それは非現実的で俳句表現としても甘い。馬の内部に存在する、人間には及びもつかない能力を「星雲」として見ること。そこに詩の力がある。白い息は、季語としての働きを超えて、馬が宿している聖なる力の象徴である。

表現の多様性

平成三十年十月に『福田甲子雄全句集』（ふらんす堂）が刊行委員会によって上梓された。栞文に「定住者の目」という文章を寄せている宇多喜代子氏は、

　福田甲子雄さんの句には、生来の地の稲作麦作に支えられた人々の暮し、素朴な人々との交流、四季折々に変貌する山河への畏敬と親和の念、これらが太い芯となって通っている。

と評している。しかも、「これらはこの国に二度と訪れることのないと思われる古来の暮らし、山河への思いの基だ」という。日本文化の根幹をなしてきた生活観や自然観が揺らぎつつある今、貴重な一書である。

その福田甲子雄が、俳句という文芸を貫く真髄と考えたのは、作者の人間性、実人生のあり方だった。「俳句が最後のところで評価されるのは、その作品がもつ人間性ではあるまいか。一つの言葉を選択するにしても、そこには作者の実人生のあり方が厳然として存在している」と書いている。収録された「俳句をささえるもの」で、多くの例句を鑑賞しつつ丁寧に述べて

いる。肝の据わった珠玉の一文で、まさしく作者の人間性に触れる思いがする。

仕掛けを読み解く

春寒の灯を消す思ってます思ってます　池田澄子

（『思ってます』平28）

池田澄子氏の第六句集『思ってます』の表題句である。

この句集は白い表紙の左三分の一に、縦書きで天地を貫くように「思ってます」と大きく書かれている。柔らかい書体で、淡いピンク色の箔が使われているので、手に取ると「思ってます」という言葉がキラリキラリと光る。シンプルだが、インパクトの強い装丁だ。よく見ると裏表紙側に小さく「思えば物心付いて以来、当然のことながらいつも何かを思っていた。が、思いは、何の役にも立たない」と書かれている。この文章は「あとがき」からの抜粋で、そこには東日本大震災のことが書かれている。

掲出句は〈三月寒し水も電気も瓦斯も来て〉という句と並べられている。掲出句において「思う」対象は東日本大震災の被災地であり、被災した人々である。「思う」主体は作者を含めて、被災者ではない人々、水にも電気にも瓦斯にも不自由していない人だ。「思いは、何の役にも立たない」という言葉が突き刺さる。

掲出句は九・六・六のリズムで十七音を大きくはみだしている上に、「思ってます」が繰り返されているので、ここに主眼があることがわかる。しかし、春寒の灯を消して眠りに就くときの思いは、それが単なる思いである以上、どんなに深い思いであっても何も生み出さない。「春寒」の季節に、消す「灯」もなく、眠ることも叶わない人々に対する「思い」とは何なのか。「思ってます」のリフレーンは、「思う」ことで満足している人々への問いかけであり、被災地に押し寄せるように殺到する「思い」への疑問なのである。

死んでいて月下や居なくなれぬ蛇　　澄子

〈蛇の悩み舌がひらひら出てしまう〉〈穴に入る蛇の自愛やどうぞどうぞ〉など、『思ってます』には「蛇」の句が数句登場する。どの句も作者ならではの発想と表現方法で書かれていて面白いが、掲出句は「蛇」の死を捉えて鮮明だ。

この句は、死んだ「蛇」が月光を浴びて、草むらに白く浮かび上がっているような光景を思わせる。「月下」の「蛇」が闇の中で発光しているような、幻想的で厳かな光景だ。生きていれば、するすると身を滑らしてたちまち姿を消してしまうであろうに、死後の身は自然に任すより他ない。文語なら「死にたれば月下に蛇は消えざりし」とでも表現するのだろうが、掲出句では「死んでいて〜居なくなれぬ」という表現を使うことで、自分自身では存在を消し去ることが不可能であることを強調している。まるで、一句の中に野ざらしの蛇が封じ込まれているようで、蛇の姿がいつまでも視界から消えないのである。

句集『思ってます』は、ただ「思う」ことの無力さを問いつつ、震災や死をテーマとする句を多く収めている。〈汝は死後も玉虫色に光る玉虫〉〈朝市の蟹の余命に雪吹き込む〉などの小動物から、〈八月や満州で父の死んだ八月〉〈終生英霊なれば終生若し暑し〉といった父や戦死者をテーマとした句など心に残る。さらに、句集最終章には母の死をテーマとする作品群が収められていて、父の句群と双璧をなしている。

母よ貴女の喪中の晦日蕎麦ですよ　　澄子

高齢になられても、聡明で健やかだった母上が亡くなられたのである。〈夕しぐれ一生一度の絶命に〉という句があるから、初冬のことだったのかもしれない。「絶命」が「一生一度」であることは当たり前だが、「一」という数詞の効果と「夕しぐれ」のはかなさによって「絶命」という言葉が際立つ。

掲出句は、「母よ」という呼びかけで始まっているが、これは、日本の詩歌の伝統的な手法である。命の根源へ向かって発する、いわば究極の呼びかけであって、後に続くどんな言葉をも呑み込んでしまう。そんな呼びかけに、「貴女の喪中の晦日蕎麦」と続けられるのは作者だけだろう。大方の予想を裏切る仕掛けを、作者ならではの手法と文体で作るのが氏の魅力だが、母の死をこのように描いて見せた手腕には圧倒される。

「思ってます」という言葉が他者へ向かってただ発せられる時は無力かもしれないが、父や母など、身内に向かう時は格別である。そういう意味では、句集名『思ってます』は一筋縄ではゆかない。題名そのものにも仕掛けがありそうに思える。

連作の力を読む

月の面を雪片よぎり西行忌　　三村純也

（『一』平30）

日本の文芸において雪月花を愛でる美意識は、『万葉集』に発するが、それとは別に白楽天の漢詩の一節「雪月花の時最も君を憶ふ」という美しい詩句によって、王朝時代以降ひろく愛誦されるようになった。万葉の時代に「花」は梅を指したが、平安時代後期には桜を指すようになり、以来「雪月花」はおよそ一〇〇〇年の時間をかけて詠み継がれてきた。

西行忌は旧暦二月十六日。西行はこの日、河内国（大阪府）の弘川寺で没した。享年七十三。西行法師といえば、花と月の和歌を多く詠んだことで知られる。とりわけ〈願はくは花のもとにて春死なむその如月の望月のころ〉の一首が有名だが、『山家集』春の部にも、花を詠んだ歌が百首余り収められている。百人一首に収められているのは〈嘆けとて月やはものを思はするかこちがほなるわが涙かな〉で月の歌である。また、『山家集』では四季の部とは別に、雪月花を題としてそれぞれ一〇首が詠まれている。雪月花は西行にとっても、大きなテーマであったことがわかる。

掲出句は「月の面」を掠めるようにちらつく「雪片」を詠んで、夢幻的とも思える美しさを漂わせている。一句の中に「月」と「雪」を詠み込んで西行への挨拶を強めているのだが、「西行」自身が花の歌人であることから、一句に雪月花が揃っているのである。和歌から俳諧へという詩歌の伝統に連なる者としての、格調の高い、気品ある挨拶句である。

姒の部屋灯ることなき冬至かな　純也

句集『一《はじめ》』には、平成二十年から二十六年までの作品が収められている。平成二十四年には〈願ひただ母の平癒の鉾粽〉という一句が入っていて、母上が重い病に伏せられたことがわかる。母の平癒を祈願して享けるものが祇園祭の「鉾粽」である点に、西の文化に帰依するごとく生きる作者の心情がよく表れている。しかし、病状はさらに重く〈拭き申す膚の冷たき残暑かな〉に、献身的に母に仕える作者の姿が見える。そして〈残されし日をともにゐて爽やかに〉〈冬帝に母の余命を托したる〉と静かな時を過ごす中で、冬には母上を送ることとなってしまったのである。

掲出句はそうして迎えた「冬至」である。一年の中で最も昼の短い日に、灯ることのないままの「母の部屋」が、確かに喪われた母の存在を告げている。家の中の闇の一角は、作者の心にも翳りをもたらす。「冬至」の日の南瓜や粥、柚子湯などは、いやが上にも母との思い出をかき立てるだろう。

「冬至」は太陽の力が最も衰える日であるが、同時に復活の日でもある。寒さはつのりゆくが、昼は少しずつ長くなる。そんな「一陽来復」の日には、いっそう暗いままの母の部屋が寂しい。季語が抜群の効果をあげた、母恋いの一句である。

訃のあれば必ず田植布子とよ　純也

句集『一』の最終章には「田植布子」と題する連作二一句が収められている。これは若き日の民俗採集の旅の記憶をもとに再構築した作品とのことで、学者として専門分野に民俗学をもつ三村氏ならではの成果である。連作は、水原秋桜子の時代に全盛期を迎えて以後、廃れてしまった。しかし、失われ行く民俗の記憶を一連の作品として記録するという試みは他の人にはできない。

掲出句の「田植布子」は、田植えをする時に着る布子で、それほどに寒いことを表している。農事に関することわざに「田植布子に裸麦」というのがあって、田植え時に寒く、麦まきのころに暖かいのは凶作の前触れだという。この句には前書が付されていて「田植の最中に死人の出し年は、布子を着るほど寒し。やませ吹き、できも悪しといふ。これを田植布子と呼びて恐る」とある。やませという言葉があるから、東北に伝承されていた風習なのだろう。〈賦役《ぶやく》とは墓を掘ること栗の花〉〈墓掘に十五は一人前《おとな》栗の花〉という句があるから、土葬の時代である。墓を掘るという村の共同作業が、「賦役」を中心に十五歳になった少年の手をも借りる仕事だったことがわかる。どちらの句も「栗の花」を季語としているが、「栗の花」の強烈な匂いが生きることの生々しさを伝えて、死と生を際立たせている。さらには〈蠅帳に通夜の三角むすび盛る〉という句によって、通夜に用意される握り飯が俵形ではなく、必ず三角形であったことなどもわかる。掉尾の句は〈車前草の畦をゆらゆら坐棺輿〉で野辺送りの光景。訃報から埋葬までの一連のならわしを二一句に切り取った、意欲的で貴重な作品である。

Ⅲ　十七音の力を読む

根源へのまなざし

『西東三鬼全句集』（平29）が角川ソフィア文庫の一冊として出版された。自句自解と自筆年譜が付されていることで、三鬼の生きた時代や交友関係がつぶさに見え、作品の背後から三鬼の肉声が聞こえてくるようだ。

自句自解によれば〈枯蓮のうごく時きてみなうごく〉（『夜の桃』）は、奈良の薬師寺で詠まれた。終戦後、東京から神戸まで訪ねてきた秋元不死男を伴ってのことだ。「二千年前の日本の美を見ることで、渇いた心にうるおいを与えた」という。最初、枯蓮はうつむいて悲歎に堪えている人間に見えた。しかし、かすかな秋風によって、微動だにしなかった枯蓮が一斉に動いた時「悲しみの祈りに凍結していたものが、祈りを解いてうごき出したように」見えたという。自ずから時は満ちるのである。

この一句を生み出すために、三鬼は池の端に立って枯蓮を一時間凝視したのだった。それは三鬼にとって初めての事であり、戦前の作風を全く転換させる機縁となったという。三鬼が奈良の日吉館で、橋本多佳子や平畑静塔と俳句の鍛練会を始めるのもこの時期だ。三鬼の作風はどのように変化したのか。開眼の一句を知ることで、『夜の桃』を読む楽しみは倍加する。

十七音に籠められた原点

水星に明ける露けき沙漠かな　有馬朗人

（『黙示』平29）

水星は太陽に最も近い惑星で、大きさも月より少し大きいくらい。地球から見ると常に太陽に近い方向にあるために、地球からは観察しにくい。水星が見られるのは、日の出直前の明るくなり始めた東の空か、日の入り直後のまだ明るさの残っている西の空だけ。それも、低い位置にわずかな時間しか現れないので、日本では見つけにくい。

そんな「水星」の、小さな輝きとともに夜明けを迎える「沙漠」を詠んだのが掲出句である。この作品には「トルコ紀行十九句」という前書が付いている。しかし、初出は平成二十三（二〇一一）年の『俳句』十一月号の五〇句で、トルコ紀行は二九句で構成されたスケールの大きい作品だった。旅の出発地が何処であったのか定かではないが、砂漠を起点に〈トロイへの旅の夜夜月満ち行けり〉〈幾何学の希臘《ギリシア》の釣瓶落しの日〉と、シルクロードを西に辿る旅だったようである。

掲出句は、壮大な旅の第一夜が、砂漠に輝く水星と共に明けてゆく様子を捉えている。この旅が砂漠から始まることは、有馬氏が常に文明や文化、あるいは宗教などの根源を見つめていることを思わせる。東洋と西洋を広く深く視野に入れつつ、人類が営々として築き上げて来たものの意味を問い掛けているのである。有馬氏の知性が捉えた砂漠と言える。

ところで、この句は、句集では〈露けしやラマダン終りたる砂漠〉と一対を成している。断食として知られるラマダンはイスラム教の行事で、夜明けのエザンから始まり、日の入りのエザンで終わる。つまり、ちょうど水星の見える時と重なるのである。「露けき沙漠」という表現は、一ヶ月に及ぶ日中の断食のもたらす飢渇からの解放感をイメージさせる。近年では、水星探査機などの調査によって、水星には「水の氷」が存在する可能性が高いことも明らかだ。夜明けの空に瞬く「水星」は、地球に「露」をもたらした宇宙の神秘をも語っているのである。

さつと手をあげて誕生仏となる　朗人

四月八日は花祭、釈迦の降誕を祝福する日である。この日、各寺院では美しい花々で飾った花御堂を設え、浴仏盆の中に誕生仏を安置して参詣者に甘茶を注がせる。これは釈迦が誕生した時、八大竜王が甘露の雨を降らせて太子を湯浴みさせたという伝説に基づいている。東大寺の国宝「誕生釈迦仏」は天平時代の作というから、花祭（仏生会）は仏教の伝来と共に伝えられた行事なのだろう。

釈迦は誕生するとすぐに七歩歩き、片手で天上を指差し、もう一方の手で地を差し、「天上天下唯我独尊」と唱えたと言われている。掲出句は「さつと手をあげ」た一人の男子が、いわばその言挙げによって「誕生仏」となった瞬間を捉えている。誕生仏をこういう視点で爽やかに、清々しく捉えた作品はかつて無い。

ところで、この「天上天下唯我独尊」という言葉は広く「宇宙間に自分より尊い存在はない」という意味に理解されている。しかし、これは「唯、我、独《ひとり》として尊し」という意味だと解く説もある。すなわち、天上天下にただ一人の、かけがえのない存在として、何一つ加えること無くこの命のままで尊いということを告げているというのだ。掲出句の「さつと手をあげ」る爽やかさや潔さは、自分一人の存在を誇示するような奢りからは遠い。有馬氏もまた「さつと手をあげ」て来た人だ。そうして、人々の先頭に立って苦難の道を厭わず歩いて来た人だ。苦難の道を切り開き、突き進む勇気なくして、さつと手をあげることはできない。

あの窓に父の魂魄夕桜　朗人

有馬朗人氏は物理学者にして政治家、そして俳人という肩書を持つ希有な存在である。そんな有馬氏が謙虚さや誠実さを失わないのは、掲出句の「父」の視線によって、己を律しているからであろう。「あの窓」がどの窓なのかは不明だが、作者の心にはいつも「夕桜」に縁取られた「あの窓」から、静かに自分を見つめる「父の魂魄」が住んでいるのである。

この句集には両親を詠んだ句が何句かあり、父は〈反魂草不意に不遇の父のこと〉〈父焼きし野辺のはづれの菫草〉と痛みをもって詠まれている。

津久井紀代『一粒の麦を地に―100句から読み解く有馬朗人』（平26・ふらんす堂）によれば、敗戦後、職を失い病床にあった父を失ったのは有馬氏が十六歳の時だったという。それから、祖母、母と三人の極貧生活を経験することになる。有馬氏はそのころの、辛酸の日々を忘れないのである。この句において「夕桜」は決して華やかではない。父の魂魄を呼び寄せる依り代として、夕闇の中に静かに立っている。

命の存在を読む

生きてゐる指を伸べあふ春火桶　　西山　睦

（『春火桶』平24）

句集『春火桶』が上梓されたのは、東日本大震災の翌年だった。

この年、西山睦氏の主宰する「駒草」は創刊八十周年の記念すべき年を迎えた。しかし、宮城県多賀城市出身の西山氏にとっては心痛の年になった。〈うぶすなは津波の底に鳥曇〉と詠まねばならない状況だったのである。掲出句は続く一句で、句集の題名が取られた作品である。「生きてゐる指」という表現が、尋常ならざる状況であることを告げている。命の瀬戸際を潜り抜けなければ、このような表現にはならないだろう。例えば「掌」や「手」である場合と比較してみると、「指」が体の先端であるだけに、切羽詰まった心情が指先に込められているように思える。ゆっくりと和やかに暖を取っているのではない。「生きてゐる」ことを確認し合って、無事を喜び、手を取り合いたい思いを秘めて、双方が静かに手を差し出しているのである。「伸べあふ」という言葉に、互いを思いやる気持ちがよく表れている。また、上五中七の表現から、「春火桶」が暖を取るために、辛うじて準備されたものであることも想像がつく。

凍りつくような寒さの中で、かすかに温まった指先を伸べ合うことで、命と命が触れ合おうとしているかのような作品である。

海猫《ごめ》渡る万のひとみが沖に照り　睦

震災の翌年に詠まれた作品で、「志津川湾再訪　十二句」と前書がある。志津川湾は南三陸海岸のほぼ中央に位置する。海胆《うに》・海鞘《ほや》・牡蠣・蛸などの海産物に恵まれた豊かな漁場だが、東日本大震災の時には甚大な被害を受けた。湾がほぼ東を向いているために、津波の被害を受けやすい地形だったのである。

〈春夕べ供華浮かびくる瓦礫原〉〈春の闇生者は死者に会ひに行く〉という作品が、当時の状況をよく伝えている。果てしなく広がる瓦礫の平地に置かれた供華が、夕闇の中に浮かびあがってくるのである。人々は「春の闇」に紛れて海に沈んだ死者の魂を呼び寄せる。「春の闇」という季語そのものに妖艶な趣があるだけに、それが死者と会うためのものであることに深い悲しみが感じられる。

掲出句は、これら悲嘆にくれる人々とは対照的に、繁殖地へと向かう「海猫」の群れを捉えている。海猫は日本近海に棲息する鷗類の中で最も種類が多く、唯一国内で繁殖する。ミャオミャオと猫のような声で鳴くので「海猫」と呼ばれるが、「海猫」と書いて「ごめ」とも読む。俳句では「海猫渡る」が春の季語で、二月から三月にかけて繁殖地へと向かうことをいう。

最も有名なのは青森県の蕪島《かぶしま》で、ここは世界一の繁殖地であり、その数は三万とも四万とも言われている。ほかにも島根県経島《ふみしま》、山形県の飛島《とびしま》、岩手県の椿島、宮城県の陸前江ノ島が知られていて天然記念物に指定されている。

掲出句は、「海猫」が大挙して島へ渡ってゆく様子を「万のひとみ」として捉えている。海には津波が奪い去った一切のものが、依然として漂い、あるいは沈んでいる。そんな海を渡ってゆく「海猫」の、荒々しく激しい生の営みを、「照り」という言葉で捉えている。眼の輝きなどという美しい言葉では捉えられない、もっと野性的な命の衝動である。それは海底を彷徨《さまよ》う無念の魂を反転させたような、強い生命力なのである。

片戸開け菓子を商ふ盆の家　睦

盆休みを迎えて、家族と共に故郷へ帰って来る人々。それを心待ちにしている祖父母。都会からやって来る子どもたちを迎えて、小さな町や村はにわかに活気づく。そんな、久し振りで一家揃って盆を過ごす人々のために、盆休みではあるが菓子屋は店を閉じないで、かといって普段通り開けているのでもなく、「片戸」を開けて子どもたちを迎える。

掲出句は一軒の菓子屋を描きつつ、盆を迎えた町や村の、ささやかな賑わいをも捉えている。それは同時に、閉ざしたもう一方の「片戸」によって、薄暗い店内と、その奥で営まれるこの家の盆を思わせる。「片戸」という言葉が選び取られた絶妙の効果である。

俳句の物語性

田中裕明氏が四十五歳の若さで亡くなったのは、平成十六（二〇〇四）年十二月三十日のことだった。そして年が明けると、次の文面をしたためたカードと共に句集『夜の客人』が届いたのだった。

新しき年の始の初春の今日降る雪のいや重け吉事　　大伴家持

年の初めに皆様のご多幸をお祈り申し上げます。

平成十七年　元旦

田中裕明
森賀まり

これほど驚いた句集はない。なかに〈その一角が大文字消えし闇〉という句が収められている。おそらくは亡くなられる年の五山の送り火を詠んだ句だ。「あとがき」に、句稿をまとめたのは入院先の京大病院の病室であることが書かれている。京大病院なら大文字が見えるだろう。燃えさかる大文字ではなく、消えたあとの「闇」を見つめているところに、透徹した詩人の魂が思われる。

田中裕明氏は二十二歳で角川俳句賞を受賞した。その最年少受賞記録は今も破られていない。

珠玉の作品とともに、語り継がれるだろう。

助詞でひもとく物語

四万六千日人混みにまぎれねば　石田郷子（『草の王』平27）

句集『草の王』の冒頭に置かれた作品である。

この句は作者にとって、人生の節目になった大切な作品なのだが、そのことについて作者は一言も語っていない。

句集を読むと〈濡れてゆく鬼灯市の人影も〉〈まみえけり青水無月のなきがらに〉〈寝冷せし手足を伸ばす父亡き朝〉と続くので、父の死をテーマとする一連の作品であることがわかる。掲出句は、父の死の序章として置かれた一句なのである。父上は、俳人石田勝彦氏である。

冒頭の句が詠まれたのは平成十六年七月九日、「四万六千日」の日だった。「四万六千日」は「鬼灯市」の傍題である。七月九日、十日は観音菩薩の結縁日であることから、この日に浅草寺に参詣すると四万六千日の功徳があるとされるのである。この二日間は境内でほおずき市が開かれることもあって、終日多くの参詣人で賑わう。

当日は片山由美子氏のお誘いで、浅草で吟行句会が行われた。女性俳人数名が集ったのだが、郷子氏は仕事の都合で遅れて参加された。そして、句会に投句されたのがこの句だったのである。「人混みにまぎれねば」という思いは、状況から考えれば遅参によるもので、この雑踏に早くまぎれ込まなければ俳句を詠むことができない、ということだと思える。しかし、この作品はそのような事情を超えて、雑踏にまぎれなければ生き得ない悲しみや、敢えてまぎれようとする覚悟のようなものを思わせる。

それは、句末の「ねば」の効果である。「ねば」は「ねばならぬ」の「ならぬ」を省略した形であるが、この場合、「ならぬ」を省略したことで強い意志の表明になった。自己を集団の中に埋没させねば生き得ないことを、自分自身に言い聞かせているような痛々しさが感じられる。

ところが、まったくの偶然だが、その直後に父上危篤の連絡が入ったのである。郷子氏は大急ぎで病院へ駆けつけたが、その夜、お父上は亡くなられた。郷子さんは、まさしく父亡きあとの「人混みにまぎれねば」ならなくなったのである。

「四万六千日」が観音の功徳をもたらす日であるだけに、悲嘆は深い。まるで予兆のように詠まれた、生涯の一句だったのである。

忘れ潮もつとも春を惜しむなり　　郷子

『草の王』は六章からなっていて、この句は第二章に収められている。句集の配列からすれば、前年に父を亡くした作者にとっての、惜春の作品である。しかし、そういう背景を離れて、この句には春惜しむ心情が横溢している。上五に置いた「忘れ潮」の効果である。

「忘れ潮」は『広辞苑』にも載っている言葉で、潮が満ちたときに、岩などのくぼみに溜まったものが、潮が引いてもそのまま残っていることをいう。春は潮の干満の差が大きいので、「忘れ潮」という言葉がよく働く。しかも日が長いので、明るい日射しを反射しながら、忘れ潮そのものがきらきらと春を惜しんでいるようなのである。忘れ潮は空を映し、雲を映し、小さな魚を泳がせていることもある。

この句の「惜しむなり」は、「忘れ潮」そのものを主体と読むことも可能だが、作者自身が春を惜しんでいると読むことも、さらには海そのものが磯に残した「忘れ潮」を惜しんでいるとも読めるのである。つまり「忘れ潮」のあとに「が」「に」「を」と、三種類の助詞を補うことができる。「が」なら忘れ潮が、「に」なら作者が、「を」なら海が、惜しむことになる。

この句の場合は、「忘れ潮」も、作者も、そして海も春を惜しんでいると鑑賞したい。そうすることで、「もっとも」「春を惜しむ」ものとして「忘れ潮」が選び取られたことが動かなくなる。

狼のたどる稜線かもしれぬ　郷子

日本狼が絶滅したのは、明治三十八（一九〇五）年一月二十三日とされている。奈良県吉野郡小川村鷲家口《わしかぐち》（現・東吉野村）で、猟師によって捕獲された雄の狼が最後の一頭であったというのが通説である。「環境省レッドリスト」では絶滅したとされているのだが、時に狼の目撃情報が話題にのぼると、どこかで密かに生存しているのではないかと思いたくなる。

掲出句は、『草の王』掉尾の一句である。東京立川から、奥武蔵の旧名栗村（現・飯能市）へ居を移した作者は、自然の中に身を置く生活を始めた。「あとがき」に、「毎朝のように霧に覆われ、野生の動物たちの気配が濃厚」な「谷間の地」であると書かれている。夏には蛍を呼び、秋の夜長には遠く鳴く鹿の声に耳を澄ます生活である。そんな生活だからこそ、「狼」の存在を信じたいのである。

中部・関東の山間部には古来、狼を神と崇める信仰が存在する。狼に護られ、狼とともに生きてきた風土の記憶は簡単には失われない。幻の狼のたどる稜線は、神の領域を示しているかのように思える。

時間と場の構成

あふ向きに死にゆく蟬へ蟬時雨　田島　和生　（『天つ白山』平27）

梅雨が明けると、待ち構えたように蟬が鳴き出す。盛夏の空と万緑、そして蟬の声ほど生命力に溢れているものはない。

掲出句には「死にゆく蟬」と、生きて樹上で一斉に鳴きしきる「蟬」たちが捉えられている。「死にゆく蟬」は天を仰ぎ、時々ジジッ、ジジッともがくのだが、もう飛ぶ力は無い。そんな臨終の蟬に対して、生きている蟬は渾身の声を絞っているのである。

この句が優れているのは、一句の中に「死」と「生」が一対のものとして描かれていることで、それが「へ」という助詞によって結ばれている。今、蟬時雨の中に声を発している蟬も、そう時を置くことなく落ち蟬となる。蟬時雨の中から、剝がれ落ちるように一匹ずつ蟬は落ちてゆくのである。生はたちまち死となる。そういう意味での一対の「生」と「死」なのである。方向を示す「へ」の働きによって、「蟬時雨」が一匹の「死にゆく蟬」に降り注ぐのである。だからこそ、「蟬時雨」が鎮魂の挽歌になる。

ちなみに、この句が「あふ向きに死にゆく蟬や蟬時雨」だったらどうだろう。「死にゆく蟬」が主となり、「蟬時雨」は死にゆく蟬を包み込むように背景の存在として聞こえるだけである。同様に「に」だったとしたら「蟬時雨」が主となるので、生きている蟬たちが命を謳歌しているようで、「死にゆく蟬」の哀れだけが強調される。掲出句は、「生」と「死」を描きつつ、「生」の内に存在する「死」をも描き得た。絶大なる助詞の効果である。

きらめきて浜昼顔に次の浪　和生

「浜昼顔」は、日本各地の海岸の砂地に自生し、五月から六月にかけて、薄紅色の花を咲かせる。この句は一読、景のよく見える句で、初夏の波のきらめきと、砂地に這うように広がる可憐な浜昼顔を、低いアングルによって捉えている。「きらめきて」の効果で、海と花の織りなす色彩感も美しく、梅雨がやって来る前の浜辺の風景が清々しく描かれている。

単純明快な句だが、この単純さによって一句に循環する時間を生み出すことができた。下五に「次の浪」を置くことで、「次の浪」が果てしなく「きらめきて」「浜昼顔」に打ち寄せるのである。一句の中で、波のきらめきは失われない。

ところで、この句は「浜昼顔」と「浪」だけで構成されているので、普通は海の風景を思い浮かべる。しかし、大津在住の作者なら、琵琶湖畔にある浜昼顔の群生地が頭に浮かぶはずだ。ここの浜昼顔は、琵琶湖四〇〇万年の歴史の中で、海から陸封されて独自の進化を遂げたとされている。約二〇〇〇平方メートルの湖岸に、淡々と自生するのである。特定はできないが、琵琶湖がかつて海と繋がっていた形見としての「浜昼顔」を思う時、「浪」の「きらめき」はいっそう美しい。

立ちしまま馬の暮れゆく露の山　和生

「露」は秋を代表する季語で、朝・夕・夜など時間を冠したものから、「露葎」や「露けし」、「露の宿」、「露の秋」と傍題が多い。万葉の時代から詠まれてきた縦題で、俳諧の時代からは例句も多い。しかし「露」という微小なものを、「露の山」と大胆に使った例は見たことがない。

もちろん、掲出句の「露の山」は露けき山、あるいは、露の降りている山という意味だと思うが、秋の夕暮れのひんやりとした山の気配がよく伝わる。そこに配されたのが一頭の馬である。「立ちしまま」とあるから、馬は繋がれて立っているのだが、「馬の暮れゆく」という表現によって、露けき夕闇の中に、たちまち呑みこまれてゆくような馬の存在が、何かの暗示のように強く印象付けられる。

『天つ白山』には、〈鵙鳴いて連山は胸ひらきたる〉という句もあって掲出句と好対照。こちらは「鵙」の甲高い鳴き声から、まるでその声に呼応するように「胸ひらきたる」明るい山々を描いて開放感がある。一頭の馬とともに闇に消えゆく「露の山」と、「鵙」の声から、パノラマのように広がる「連山」。どちらも「秋の山」を描いて構成力が優れている。

日常を十七音に

夕空は宇宙の麓春祭　小川軽舟

（『朝晩』令元）

前句集『呼鈴』（平24年）に〈かつてラララ科学の子たり青写真〉〈月光の途中に地球月見草〉といった、宇宙的な広がりを感じさせる句が収められていたことを思い出す。「ラララ」と言えば鉄腕アトムのテーマ曲。その宇宙への限りない夢を「青写真」によって捉えてみせた、作者の代表作の一つである。

「月光」の句は、私たちが「地球」から見上げるという視点でのみ捉えがちな「月」を、宇宙の広がりの中に置いて、地上で月光を享けるかそけき存在としての「月見草」を描いている。「月光」はどこまで届くのだろう。その先に文字通り果てしなく広がる宇宙の闇が思われる。

さて、掲出句は圧倒的な宇宙の闇ではなく、「夕空」を「宇宙の麓」と捉えて美しい。しかも「春祭」という季語の斡旋が抜群で、比類無い一句になった。闇に沈む前の「夕空」を「地球」から見上げると、夕焼けに縁取られた空が、広大な「宇宙の麓」のように思えるのである。いつまでも暮れない、明るい春の夕暮れだからこその感慨で、そこに配した「春祭」のもたらす郷愁が、この世に在ること自体を懐かしいものに思わせる。鉄腕アトムに未来を夢見た私たちが迎えた二十一世紀の現実の世界。それでも、地球から見上げる春の「夕空」はこよなく懐かしい。「春祭」に収穫の未来を託そうとする作者の思いが心に残る。

めらめらと氷にそそぐ梅酒かな　軽舟

掲出句は『俳句』平成三十年九月号に、「父の汗」と題して発表された五〇句の中の一句である。この五〇句は梅雨明けの東京の街角から始まって、真夏の大阪梅田、千葉かと思われる地への帰省を挟んで、京都の奥座敷貴船への旅、そして盆を迎えた故郷での数日と、場所を移しつつ構成されている。

冒頭の句は、大阪梅田を舞台とする作品で、独立した一句として読んでも「めらめらと」のオノマトペの効果が抜群だが、前後の作品と共に読むとストーリー性があって面白い。〈背広かけ汗ばむ肘や梅田駅〉〈通天閣低く聳ゆる極暑かな〉〈月涼し配管老いし雑居ビル〉そして冒頭の句。続いて〈夏負けやタイルに響く便所下駄〉。次に、雑誌発表時には無かった〈解熱剤効きたる汗や夜の秋〉が置かれている。

真夏の「背広」、大阪を象徴する「通天閣」の垢抜けしないエネルギッシュな姿、裏通りに犇めく「雑居ビル」。ともかく仕事が終わって、ビールで乾杯と行きたいところだが、夏負けで体調不良の主人公は、「梅酒」で応じるのである。カウンターに置かれたグラスに大きな氷が二三片。そこに「梅酒」が注がれると、緩やかに氷を覆いつつ、まったりと琥珀色の「梅酒」が沈んでゆく。「めらめらと」は「梅酒」の持つ独特のねっとりとした艶を生かした表現で、注がれるのがウヰスキーなどの洋酒ならつき過ぎ。「梅酒」一杯で詠みきって表現力が冴えている。

続く「夏負け」の句には、「便所下駄」という俳句には詠みにくい言葉が使われている。俗語を生かすことでリアルに情景を描く試みで、俳句表現の枠を広げようとしていることがわかる。これら一連の作品の中で読むと、「めらめら」という表現には、大阪のしたたかさまでが捉えられているように思える。

母のもの捨つる終活父の汗　軽舟

「終活」は「人生の終わりのための活動」を略した言葉で、『週刊朝日』が、平成二十一年に「終活」に関する連載を行ったことで注目された言葉だという。翌年には新語・流行語大賞にもノミネートされ、エンディングノートなど様々な書籍が出版され、時代を捉えた言葉として一気に広がった。

「終活」は死を迎えるに当たっての準備や、そこに向けての人生の総括をすることで、自分自身の死と向き合うというイメージが強い。ところが、掲出句で「父」が向き合っているのは「母」、つまり「妻」である。妻が遺していった様々なものを整理し、「捨つる」ことが父の「終活」だという。それは、自分たち夫婦が長い年月をかけて積み上げてきた人生の軌跡を消し去ることでもある。ものには記憶や思いが宿っている。生活の場の隅々に、家族の痕跡、妻の痕跡が残っている。それを、一つ一つ「捨つる」ことに父は「汗」しているのである。

掲出句は前句同様、『俳句』誌に発表された作品で、「父の汗」の表題句である。この作品では「起業」や「終活」など、現代を象徴するような言葉が一句の中に生かされている。しかし、こういう言葉は観念的で具象性に欠ける。「父の汗」という具体的なものによって、「終活」をする父の姿を描いているのである。

一句の背景を踏まえる読み

『季題別 石田波郷全句集』（平10・角川学芸出版）を開くと、波郷が生涯に残した「雪」の句、百余りを一覧することが出来る。その中には『惜命』の絶唱、〈雪はしづかにゆたかにはやし屍室〉のような句も含まれている。ところが「春の雪」は詠まれることが少なく、そのほとんどが晩年詠である。

春雪三日祭の如く過ぎにけり　石田　波郷

この句は歳時記などでよく知られている。七七五のリズムで破調ではあるが、降り続く「春の雪」を心から楽しんでいるような、明るさがある。波郷は応召によって大陸で胸を患って帰還、生涯その宿痾から解放されることはなかった。掲出句は昭和四十一年、五十三歳の時の作品である。前年の十二月に呼吸困難に陥って入院。この句は翌二月の作品で病状が落ち着き、退院の日が待ち望まれた。そんな期待感が春の雪を「祭の如く」と表現させたのである。しかし、この後も入退院を繰り返し、波郷は三年後に亡くなる。束の間の「春の雪」だったのである。

このような背景を知らなくても、掲出句はよくわかる。しかし、知っていればさらに一句は輪郭をもって際立つ。一句独立を唱えすぎると俳句が痩せるように思える。

亡き人への心情

抽ん出て燃ゆる白日涼新た　井上　康明
（『峡谷』平24）

季語の魅力を余さず伝えられる例として、「涼し」と「新涼」がある。夏の暑さの中にこそ「涼し」さを感じ、秋を迎えた後の涼しさを「新涼」と捉えた点に、日本文化のもつ繊細な季節感がよく現れている。作句においても、夏の涼しさをどこに感じ取るか、秋を迎えての新たな涼しさをどう捉えるか、手腕が問われるところだ。

掲出句は、「燃ゆる白日」に秋の涼しさを捉えての作品で、こういう骨太な「新涼」の句は見たことがない。多くの場合、「新涼」は繊細に詠まれるからである。また、一句の組み立てとしても、「燃ゆる」と「涼し」は対極にある言葉なので、この組み合わせに意表を突かれる。成功の鍵は「白日」にある。例えばこの句が「抽ん出て燃ゆる太陽涼新た」だったら成立しない。太陽を表現する言葉には、ほかにも日輪や天日などがあるが、この句においては「白日」でなければならない。「燃ゆる」を使いつつ「涼新た」を引き出せたのは、「白日」の「白」の効果だからである。白秋という言葉があるように、秋には白いイメージがある。また、「白日」にはくもりのない太陽という意味があって、神々しさが感じられる。

さらに、「抽《ぬき》ん出て」という言葉の斡旋は、作者が甲府という山脈に取り囲まれた風土に生きているからこそできたのかもしれない。四囲の山々を率いるように、秋の蒼天に「白日」が

「抽ん出」るのである。

一点の翳りも無く白く耀く太陽。それこそが「新涼」なのであって、水も大気も澄み渡るのである。

龍太亡き重畳の峰夏百日　康明

平成十九年二月二十五日、飯田龍太氏が逝去された。すでに俳壇を退いておられたものの、井上氏にとっては二十代のころから師事した師であり、その存在は大きかっただろう。〈春月や波立ちて波陰りたる〉という追悼句が捧げられている。

掲出句は「夏百日」が季語であるから、葬儀の日から数ヶ月を経ている。

「夏百日」は「安居《あんご》」の傍題で、旧暦四月十六日から七月十五日までの百日間、僧侶が一室に籠もって精進修行することをいう。もともと「安居」は梵語の雨期の意であり、万物が生長・発育するのを妨げたり殺生しないようにという釈迦の教えによるものといわれている。実施期間や内容は宗派によって異なるものの、身を慎み、ひたすら学問に励む日々であることには違いない。作者もまた龍太亡き日々を、僧侶に倣って精進につとめる決意がうかがえる。

「重畳の峰」は、甲斐国の現実の山々であると同時に、蛇笏・龍太が築いた俳句山脈でもあろう。掲出句は甲斐に生きた師への思慕に貫かれた作品で、重厚な味わいの一句。「重畳の峰」や「夏百日」という言葉に敬愛の念がよく出ている。

句集『峽谷』には平成十一年から二十四年までの作品が収められているが、この間、井上氏は多くの人を見送られた。叔父・叔母など四人の親族、俳人の福田甲子雄、飯田龍太、金子青銅、作家の三浦哲郎、そして母上も亡くなられた。

母の死に続いて廣瀬直人氏が入院し、「雲母」の後継誌「白露」が平成二十四年六月号で終刊を迎えた。これだけの人々を送り続けて、井上氏は「郭公」創刊を決意するのである。そして、平成三十年三月一日に廣瀬直人氏が逝去された。

雪降つてをり寒鯉の眼に力　康明

この作品が詠まれたのは福田甲子雄が逝去した年か、その翌年である。福田甲子雄に〈濡紙に真鯉つつみて青野ゆく〉という句があるから、寒鯉を見た時、この句が頭を過ったのかもしれない。鯉が生命力の強い魚であることはよく知られているが、それは眼にも現れている。寒鯉は水面が凍り付いているような池でも、水中に静かに身を潜めている。

掲出句の鯉は、降りしきる雪が水に溶けてゆく中で、身じろぐこともなく黒い眼をしっかり開いているのだろう。作者はそんな鯉の姿を描いているのだが、私には寒鯉は作者自身であるように思える。これだけの人と別れなければならなかったのである。鯉は「眼に力」を籠めることで、己の存在を静かに保ち、状況を見透しているのだろう。

句集『峽谷』を貫いているのはこの眼ではないのだろうか。「雪降つてをり」の強い切れと、下五の「眼に力」に、作者の強靭な精神力が思われる。

喪失を詠む

見る人もなき夜の森のさくらかな　　駒木根淳子

（『夜の森』平28）

句集『夜の森』の表題句である。

この句集にはやや長い「あとがき」が付いていて、作句状況について述べられている。作者の実家は福島県いわき市にあり、かつて、駒木根氏は双葉町の社宅で長男を育てたというのである。そこは、「目の前に菜の花畑が広がり、夕暮れには家の網戸に蛍が点るような、四季に恵まれた場所」であったという。その地を地震と津波、放射能が襲ったのだった。

「夜《よ》の森」は原子力発電所から七キロメートル離れた桜の名所で、固有名詞である。地元の人々は、春は夜の森での花見、秋は請戸《うけど》川での芋煮会を楽しみにしていたという。しかし、花盛りの季節を迎えた桜を、誰も見ることはできない。故郷を追われた人々が、故郷を思う時、そこに豊かな自然とともに営まれた生活や、そこで育まれた思い出があるはずだ。「夜の森」はその象徴なのである。しかも、「夜の森」が奪われてしまったことによって、哀しみをも象徴することとなってしまった。「夜」の一字が、震災によるすべての喪失を象徴することになってしまったのである。

掲出句は、賜るように生まれた一句であったという。「見る人のなき」ではなく、「見る人もなき」と表現されている。俳句表現において多くの場合「も」は焦点をぼかしてしまう。しかし、掲出句の「も」には、それでも花を咲かせる、切ないまでの命のありようへの万感の思いが込められている。

陽炎のなかに肩抱く別れあり　淳子

平成二十五年作、「濃き虹」の章に収められた作品である。冒頭に〈仮設住居三百といふ冬景色〉〈降る雪の奥にふるさと置いて来し〉などという作品があって、震災詠であることがわかる。

「冬景色」という季語は、蕭条《しょうじょう》とした自然の風景が詠まれることが多いので「仮設住居三百」が「冬景色」であるというのは衝撃的だ。「降る雪の奥」に「ふるさと」を残さざるを得ないのも、降りしきる雪によって、幾重にも故郷が閉ざされてしまうようで胸が痛む。

掲出句は、独立した一句として読むと「別れ」の意味がよくわからないかもしれない。しかし、句集の中の一句として読むと震災によって離れ離れになってゆく人との「別れ」であることがわかる。冒頭に仮設住居の句があることで、仮設を離れてゆく人だろうと想像がつく。「手を握る」などという別れではなく、「肩抱く」別れであることで、親しい人どうしが言葉には尽くせない思いで抱き合っていることがわかる。互いをいたわり、思いやる心が「肩抱く別れ」になる。「陽炎」は、春を迎えながらも行く先の見えない不安や、すべてが混沌とした状況であることを思わせる。

この作品は「別れあり」であって、「別れかな」でも「別れけり」でもない。「かな」では軽い。「けり」を使う場合は「陽炎のなかに肩抱き別れけり」となり作者の体験になってしまう。

「別れあり」はそういう別れがあることを客観的に告げているのである。「別れ」を特定しないことで、同様の数限りない別離があることを想像させることができたのである。

切株といふ秋風を待つところ　淳子

平成二十七年作、「千万の影」の章に収められた句である。

『夜の森』は一頁三句組み。震災以後は震災がさまざまな角度から捉えられており、質量ともに圧倒的で胸を打たれる。そんな作品群にあって、ふと口をつぐんだようなこの句には、言いしれぬ切なさが滲んでいる。

「切株」は、そこに大きな樹木が存在したことの証である。克明に年輪を刻んでいる。おそらくは人の手によって切り倒されたのであろう。地下には深々と根が残っているのだが、地上からは見えない。歳月を経て、やがては根も朽ちてゆくのか、次なる命を生み出す糧となるのか、窺い知れない。作者はそんな「切株」に座って、「切株」の声を聞いている。「切株」を通して聞こえる大地の言葉に静かに耳を傾けている。そして、深い共感をもって、かつてその木に吹いていた「秋風」を待つのである。

作者にとって「切株」は震災が奪い去ったもの、喪失の象徴であるように思える。強い憤りや、数知れない悲しみ、失望や断念の果ての、深い心の痛みをもって待つ「秋風」なのである。吹いて来るのは、万物を衰退させる蕭々とした「秋風」であり、身に沁みて感じられる「秋風」なのである。

作品を支える俳句観

橋本多佳子が杉田久女終焉の地である太宰府の筑紫保養院を訪ねたのは、昭和二十九（一九五四）年、五十五歳の時だった。五月二十一日から津田清子と九州を旅し、横山白虹らに迎えられた。長崎、雲仙、阿蘇などを旅し、太宰府着は二十七日。ここで〈万緑やわが額《ぬか》にある鉄格子〉の句を得た。「自句自解」に次のように記している。

久女終焉の部屋は、櫨の青葉が暗いほど茂り、十字に嵌る鉄格子は、私の額に影を刻みつけました。

久女に手ほどきを受けた弟子の一人として、いまなお至らないわが身を、この時ほどつよく悔まれたことはなく、厳しい生涯を送った久女の終焉の部屋のたたずまいは、私の生きる限り灼きついて離れないことでしょう。

夕暮、保養院を出た多佳子は菜殻火を見た。「夕日の中に燃えていた菜殻火の炎の美事さ恐ろしさは、到底忘れることができません」と結んでいる。「万緑」の一句が、菜殻火の炎とともに心に深く残る。

平成三十年に刊行された『橋本多佳子全句集』（角川ソフィア文庫）には、自句自解、山口誓子の解説、小池昌代氏のエッセイ、そして詳細な年譜が付されている。数ある多佳子の名句を、この一冊の中で再読することで、一句一句の存在感が増す。

「虚」によって捉える真実

水母また骨を探してただよへり　　岩淵喜代子　　（『穀象』平29）

『俳句』平成三十年九月号では「添削で学ぶ作句術」という特集が組まれた。示唆に富む特集で面白かったが、この中で岩淵氏は「写生という呪縛」と題する文章を寄稿。「俳句は写生」という呪縛から解かれる契機となったのは、氏の代表句〈逢ひたくて螢袋に灯をともす〉であったことを明かしている。氏によれば、「俳句は写生」とは、実際にそれを見たかどうかではなく「俳句と言う器に盛られた表現が写生であれ」ということだという。作句工房を明かすような明快な文章で、興味深かった。

近年、「水母」はストレス社会に生きる現代人に安らぎをもたらす生き物として、人気を博している。透明な体とゆるやかに浮遊する姿が、過密で過剰な日常から、しばし人々を解放するのだろう。

句集『穀象』の中には、「水母」を詠んだ句が一〇句まとめて収められている。掲出句はその冒頭の一句。ゆらゆらと気儘に水を漂っているかに見える「水母」が、じつは「骨を探して」

いるのだという。骨を持たないことで透明な体を得た「水母」が、欠落した骨を探しているという発想に詩がある。

しかし、「骨」はどこにも存在しない。水母は、決して見つからないものを生涯探し続けることを運命づけられている生き物として、さまよい続けるのである。一〇句は〈海底を水母の点す晩夏かな〉で結ばれている。

梨を剝くたびに砂漠の地平線　喜代子

日本で梨が食べられるようになったのは、弥生時代のころ。登呂遺跡などから食用にされたとみられる梨の種子が見つかっているという。『日本書紀』には五穀や桑・栗などと共に梨を栽培することを奨励する記述がある。江戸時代には栽培技術が発達して、百を超す品種が栽培されていたという。梨は秋の代表的な味覚として、遠い昔から人々に親しまれてきた果物であることがわかる。

掲出句は、「梨を剝く」というごく日常的な行為から、「砂漠の地平線」を思い描くという句で、発想の飛躍が一句の魅力になっている。実《じつ》から虚へと詩的な発想で作品世界を広げることに成功したのである。

梨の皮を剝くとたちまち滴る瑞々しい果汁と、剝く時のざらざらした手触り、音、感触が乾いた大地、砂漠をイメージさせたのだろう。あるいは、砂漠で梨を食べた時の喜びが想像されたのかもしれない。いずれにしても、潤いを逆転した渇きと、梨そのものの手触りが一句の飛躍の源である。「砂漠」を発想したことで詩は成立しているが、さらに「地平線」を置くことで、一つの風景として完成した。「梨を剝く」という日常の彼方に、焼け付くような「砂漠の地平線」がくっきりと見えてくる。

人はみな闇の底方にお水取　喜代子

「お水取」は奈良の早春の風物詩であり、関西に春を呼ぶ行事として知られている。これは奈良東大寺の二月堂の修二会の行事の一つで、修二会そのものは三月一日から十四日まで行われる。

二月堂に安置されている本尊は大小二体の十一面観音で、完全な秘仏である。この秘仏に対して自らの過ちを懺悔し、国家安泰を祈願するのが十一面悔過《けか》法要である。法要は練行衆と呼ばれる十一人の僧侶によって執り行われる。練行衆は二月堂の内陣で、一日六回の行法を行う。そして、いったん参籠所へ引き上げ、夜の行の際にあらためて上堂する。その時、練行衆一人一人を松明が先導する。その後、松明は二月堂の回廊を巡り、参詣者に向けて火の粉を撒き散らす。これは連日行われるが、「お水取」の行われる三月十二日には、籠松明と呼ばれる一段と大きな松明が使われる。

掲出句が捉えているのは、「お水取」の夜の二月堂の下に集まった人々である。「お水取」そのものは深夜一時過ぎに行われるが、籠松明から火の粉が落とされるころは、二月堂の下を人々が埋め尽くす。こういう光景を見た時、多くの人は火の粉の降る風景を躍動感をもって写生しようとする。しかし作者が捉えているのは「闇の底方」に犇めく人々だ。「お水取」という行事から、最も華やかな炎を惜しげもなく消し去り、大きく深い「闇の底方」に沈む人々を静かに描き出したのである。これもまた「お水取」の真実であろう。

大和言葉のもつ調べ

偲ぶこと夕顔の花待つやうに　　榎本　好宏

（『青簾』平30）

句集『青簾』のあとがきに、榎本氏は「現代俳句を見渡して、漢語を使う句があまりに多いことに慨嘆し、大和言葉の多用を意図的に試みた」と書いている。

漢語は音読み、大和言葉は訓読みである。心して訓読みを用いないと、本来の日本語が失われるというのである。この問題について、榎本氏は繰り返し警鐘を鳴らしてきた。『青簾』では〈敬ひし人〉〈諳んじる経〉など訓読みが用いられている。掲出句もその実践例で、「偲ぶ」という大和言葉が「夕顔」の花によって生かされている。

「夕顔」といえば実ではなく、花を指すのも独特。『源氏物語』に描かれて以来、王朝の人々の好むところとなり、詩歌の題材となったので、「夕顔」には『源氏物語』の薄幸の姫君の面影が漂う。この物語の発端になるのが夕顔の花で、次のように描かれている。

ある日、五条に住む乳母を見舞った源氏の君は、隣家の垣根に咲いている白い花に目を留める。従者に「ひと房折りて参れ」と求めさせると、家から女童が出て来て、白い扇を差しだし、これに載せてゆくようにと言う。扇には和歌が添えられていた。

掲出句も、一句の背景に「夕顔」の巻の趣をダブらせている。「偲ぶ」という言葉は、過ぎ去ったことや離れている人のことなどを密かに思い慕うというのが主な意味である。晩夏の夕暮れ、夕顔の花が白い花を開くのを待つように、忘れ難い人を心に呼び寄せるのである。それは、どこか甘美で儚い。普通、季語は比喩として用いたときは働かないのだが、この句では「夕顔」の存在が絶大だ。大和言葉を生かして、夢幻的な世界を描くことに成功しているのである。

川上にもひとつ篝虫送り　好宏

晩夏から初秋にかけて、農作物、特に稲の害虫であるいなご・うんか・ずいむしなどを追い払う行事を「虫送り」という。殺虫剤が行き渡った現代では廃れつつあるものの、各地に脈々と伝承されている。

面白いのは、近畿・中国・四国・九州では虫送りを実盛送り（実盛祭）と呼んでいることで、斎藤別当実盛の怨霊が、稲の害虫を発生させるとの伝承による。実盛は老いて後合戦に臨む時、敵に侮られないように白髪を黒く染めて行ったという逸話で知られる。源平合戦の時、老武者実盛は、乗っていた馬が稲株に足をとられたことで転倒。組み伏せられ首をかかれた。その時、「無念やな、この稲株無くんば。われ、虫となって稲を食い尽さん」と叫んだというのである。実盛送りは怨霊鎮めなのである。

掲出句は、「川上」に「もひとつ篝」と言っているから、川の上下に篝火が焚かれていることがわかる。深い闇の中に篝火だけが見えているが、やがて「虫送り」の一団が、川沿いの道を下りて来るのである。

一般的に、虫送りは村人や子どもたちが神社などに集まり、害虫駆除を祈願した後、松明を点し、藁などで作った実盛の人形を押し立てて、鉦や太鼓を賑やかに打ち鳴らしつつ畦道を行く。掲出句では、川上から川下へと行列が下りてくるのだろう。その時「いねむし、送りな」とか「いねむし、送らんか」などと、大きな声で口々に唱える。要するに言霊信仰による、呪術的な行事なのである。

掲出句は、行事の内容を詠むことなく、「篝」によって集落の地形を捉えることで、虫送りの全体を描くことに成功している。

烏瓜提げて太宰に遭ひに行く　好宏

句集『青簾』には高浜虚子、星野立子、石田波郷、会津八一、正岡子規などと共に、リルケや夏目漱石、太宰治などの名前が登場する。なかでも太宰は〈茶の花の太宰入水の辺りまで〉とも詠まれていて、特別な存在であることがわかる。太宰を忌日句としてではなく、「茶の花」が咲く冬枯れの季節に、わざわざ「入水の辺り」まで訪れると詠んでいるからだ。ひっそりと咲く「茶の花」が心に残る。

掲出句は「遭ひに行く」だから、もっと積極的だ。「遭う」という字には出合う、巡りあうという意味があるから、遭うべくして遭うというような気持ちが働いているのだろう。その時提げてゆくものが「烏瓜」であるというのが胸を打つ。死者への手向けとしてはあまりに赤く、切ないほどに綺麗だからだ。生きている太宰に遭いたかった、などと思いながら語り掛けるのだろう。太宰の心を点すことができるのは「烏瓜」だけだと思える。

対象に心を寄せる

暮れはてて光の底の鳰　山西雅子
まつすぐに来て鯉の浮く秋彼岸　(『沙鷗』平21)

山西雅子氏は昭和三十五年、大阪に生まれた。平成元年に岡井省二に師事し、平成三年に師が創刊した「槐」に同人として参加した。しかし、岡井省二は平成十三年の秋に逝去。冒頭の句は第一章に収められている句で、その年の冬に詠まれた。

深い喪失感を湛えつつ、「光の底の鳰」に闇の煌めきのようなものが感じられる。「鳰」は闇の世界の人となった師であると同時に、この世に取り残された山西氏でもあるのだろう。夜の水辺に立って眼を凝らし、潜っては姿を現す「鳰」を追っているうちに、山西氏のたましいが、「鳰」と一体化したような、不思議な味わいがある。

山西氏にとって岡井省二は生涯の師であった。それは、若くして師を喪いながら、長い年月、所属結社を持たないで俳句を作り続けてきた事実が示している。

後句「まつすぐに来て」は句集の最終章に収められている。師の忌日は九月二十三日で、まさしく「秋彼岸」である。墓参にでも出向いての折か、池に近づくと、一匹の鯉が待っていたかのごとく「まつすぐに来て」、顔を見せるように浮き上がったというのである。岡井省二には〈大鯉のぎいと廻りぬ秋の昼〉の名句がある。句の表面では何も語っていないが、一匹の鯉と心を通わせたことで生まれた作品である。

句集『沙鷗』には十二年間の作品が収められているが、その根底にあるのは、この埋めようのない喪失感と、だからこそ万物の声を聞こうとする姿勢、俳句と向き合う純粋でひたむきな意志である。

石鹼玉まだ吹けぬ子も中にゐて　雅子

作者が長男を出産したのは平成八年、師を喪う前年の事であった。吾子俳句は『沙鷗』の大きなテーマといえる。〈桔梗や子の踝をつよく拭き〉〈小満のみるみる涙湧く子かな〉〈絵を描いてしづかな子供冬鷗〉など、日常のある一瞬をシンプルに捉えつつ、季語の働きによって一句に詩的な彩りや、微妙な季節感をもたらすことに成功している。

それに対して冒頭の句は一物仕立てで、「石鹼玉」遊びに興じる子どもたちを描いている。何人かの子どもが、「石鹼玉」を吹いては飛ばし、風に流れてゆく「石鹼玉」を摑もうと飛び跳ねたり、追いかけたり、嬉々として楽しんでいるのだろう。その中に母親に抱かれて、「石鹼玉」に取り囲まれている幼子がいる。「まだ吹けぬ」という表現は、一般に幼子という時の幼さを具体的に捉えていて、新鮮ですらある。ストローを吸うことはできても、そこにゆっくり息を入れて吹くことは難しい。この句が、「その中にまだ吹けぬ子も石鹼玉」だったら、先ず数人の子どもが見えてしまって状況説明になる。そうではなく、虹色に湧き上がる「石鹼玉」の中心に「まだ吹けぬ子」を置いて、その幼子を囲むように子どもを配置したことで、いとけない存在を慈しむような句になったのである。優しさに満ちた世界である。

桃の木の脂すきとほる帰省かな　雅子

「桃の木」は、中国では邪気を祓う霊力があると信じられてきた。日本でも桃の節句が示すように、女性にとって特別な木である。したがって、掲出句の「桃の木」は一般的な木ではなく、「帰省」によって久し振りに会った、作者にとって思い入れのある「桃の木」と読みたい。

春には花を、秋には実をと四季折々愛でてきた特別な木なのだろう。そうでなければ、「脂」が吹き出していることなどに気が付かない。たっぷりと緑の葉に覆われた「桃の木」を眺めていて、ひとところ「脂」が浮き上がっていることに気が付いたのだ。桃の木は、樹皮が傷付いたり害虫が侵入したりすると、傷口を塞ぐために薄桃色の脂を吹き出す。

「すきとほる」脂は、「桃の木」が自らの傷を、自分自身で治癒しようとしている証である。そこには痛みが伴っているのだが、透き通った脂は美しく、勇気づけられもする。日常の多忙からしばし解放されて故郷へ「帰省」した時に得られるのは、懐かしさと安らぎだ。「桃の木の脂」に、作者は「帰省」した自分自身を見ているのかも知れない。透き通るような郷愁の感じられる作品である。

句集の題名になった「沙鷗」は、杜甫の律詩「旅夜書懐」の最終章「天地一沙鷗」から採られた。「十代のころ出会って以来、忘れがたく胸に住み着いている一羽の鳥です」と「あとがき」にある。「一沙鷗」は杜甫自身であり、師の岡井省二でもあり、そして作者でもあるように思える。切なくも志の高い一羽である。

声なきものの声を詠む

『俳句』平成二十九年六月号掲載の、宇多喜代子氏と中牧弘允氏の対談「旧暦とくらし―世界の暦さまざま」を興味深く読んだ。俳句に関わる者にとって、新暦と旧暦のずれの問題は避けて通れず、しかもどこかで折り合いを付けなければならない。では、どう整理すればよいのだろうか。

例えば、東京で生活していると七月に盆が来る。毎年の事ながら、スーパーなどに苧殻や盆供などが彩りよく並ぶと、新暦ではもう盆かと愕然とする。梅雨明けとともにやってくる盆はあまりにも解放感があって、西の文化で育った者には馴染めない。京都五山の送り火に代表されるように、盆の送り火は八月十六日と決まっていて、盂蘭盆会の一切の行事はその日に向かって進められるからだ。

しかし、この対談を読んで、この違和感や矛盾を大らかに受け入れることにこそ意味があるとわかった。新暦で進む日常生活と、旧暦の時代に積み上がった風習や文化、伝統などが微妙にずれつつ共存することの豊かさ。対談は「暦は統一されていないのがミソ」と結ばれている。俳句はむしろ、この多様性を文化の厚みとして生かし得る文芸なのだと考えた。

ハチ公のまだ待つてゐる終戦日　大木あまり

（『遊星』平28）

「ハチ公」といえば、渋谷駅前にあるハチ公の銅像のこと。十年もの歳月、最初の飼い主で東京帝国大学の教授であった上野英三郎氏の帰宅を迎えに出向いた忠犬としてよく知られている。

ハチは大正十二年に秋田県で生まれた秋田犬《いぬ》で、生後間もなく上野家にやって来た。ところが、一年余りの後、飼い主の上野氏が大学で会議後に急逝してしまう。ハチ公が渋谷駅で飼い主を「待つ」ようになったのは、このためである。ある日、出掛けたまま帰宅しない最初の主人を、夕暮れになると迎えに出ていたのである。

現在、ハチ公は渋谷駅のシンボルともいえる存在で、ハチ公の周囲には「待つ」人が溢れている。人々はハチ公の前で出会い、どこかへと去ってゆく。人々が待っているのは会うことのできる、生きている人だ。掲出句は、そんな「ハチ公」像に「終戦日」を重ねている。こうなると「待つ」ことの意味を考えざるを得ない。ハチ公が待っているのは上野英三郎氏だが、ここに「終戦日」が置かれると、戦争に征ったまま帰って来ない人のことを思わざるを得ないのである。

渋谷にハチ公像が建てられたのは昭和九年だが、戦争中に金属として供出された。撤去の日には日本国旗のたすきが掛けられて出陣式が行われたというから、ハチ公もまた出征したのである。溶解された像は機関車の部品になったという。現在のハチ公像は昭和二十三年に再建された。その除幕式は八月十五日、「終戦日」だったのである。ハチ公自身は帰らざる主を待ち続けたが、ハチ公の銅像は「終戦日」に蘇生して、戦争から帰って来ない人々を、あるいはまだ訪れない「終戦日」を、待ち続けているのである。

『遊星』にはもう一句、戦争をテーマとする句〈焼藷やむかし日本の負け戦〉が収められている。今や「焼藷」は産地を誇る高級品となったが、戦争中は命を繋ぐために欠くことのできない貴重な食料だった。そんな「焼藷」にまつわる時代の記憶が一句を支えている。しかし、第二次世界大戦を「むかし」「負け戦」と、まるでお伽噺のように詠んだ句はない。

ハチ公の句もそうだが、怒りや悲しみではなく、それらを沈静させた優しさや切なさ、懐かしさをもって伝えたことで、人の心の奥深くに届く。お伽噺は滅びることなく、語り伝えられる。

病室は蠅もをらざる秋暑かな　　あまり

『遊星』は第五句集で、平成二十三年から二十七年までの四〇七句が収められている。「あとがき」によればこの時期は「心労が重なり慢性肝炎が悪化」したとのことだから、掲出の句もそのような状況で詠まれたのだとわかる。

「秋暑」とあるから八月の中旬だろう。「蠅もをらざる」という言葉が示しているように、「病室」は清潔そのもの。枕もシーツも蒲団も真っ白で、室温も管理されている。しかし、窓ガラス一枚を隔てた外の世界には「秋暑」の空が広がり、強く執拗な日差しに照らされた樹木や建物が見えているのである。

そこには、厳しい暑さと闘う人々や生き物たちの活気に満ちた生活がある。生ものにも腐敗したものにも容赦なくたかる「蠅」は、旺盛な生命力の象徴のような存在である。しかし、病室はすべてが管理された人工的な空間だ。

この句は病室の快適さを詠んだ句ではない。蠅すら居ないという強い打ち消し表現に、そういう空間に身を置かざるを得ない、病むことのやり切れなさのようなものが滲んでいる。存在しない「蠅」を呼び出した効果である。

青空に雲のとどまるおじやかな　あまり

冬の青空は寒気がもたらす格別な青さだが、そこに雲が留まるような、風の無い穏やかな日なのである。

「おじや」は雑炊の傍題であるから、河豚雑炊や鴨雑炊などの高級料亭で食べるような雑炊も考えられるが、この句の「おじや」には似合わない。手早く、彩りよく仕立てた家庭料理の趣だ。できあがったばかりの「おじや」を食べつつ、心和むひとときなのである。

この句はさりげない詠みぶりだが、「青空」「雲」「おじや」と大景を手元へ引き寄せつつ、椀の温もりが伝わるような構成になっている。しかも、音読すると、上五の「ぞ」、中七の「ど」、下五の「じ」と三か所に濁音が含まれていて、この響きが句に温もりをもたらす効果を上げているのである。

何でもない日常を、さらっと切り取って仕上げた上質の一句である。

テーマを「もの」で伝える

海よ贖《あがな》へと風鈴鳴りゐたり　友岡子郷（『黙礼』平24）

この句の初出は、『俳句』平成二十三年九月号。「孤松」という題で二一句掲載されたうちの一句である。後半に「六月、陸前高田にて」という前書を付した十句がある。その冒頭の句は〈梅雨茫々孤身の松のしかと立つ〉である。当時、陸前高田で奇跡的に残った一本の松は、打ちひしがれた人々を鼓舞するかの如く、自身を晒していた。それを「孤松」と表現したのである。

それにしても、震災からわずか三ヶ月後に、住まいのある明石から被災地を訪れるというのは、当時の状況から考えて驚異的な早さである。子郷氏は阪神・淡路大震災の被災者であるから、いち早く見舞われたのであろう。降りしきる雨の中、松を前に呆然と立ち竦む作者が見える。

掲出句は、二一句の掉尾に置かれていた。初出の時も、句集に収められた後も、衝撃的な句である。むしろ、時を経ていっそう鋼のような強さで屹立していると思える。

第一に「贖へ」という表現に胸を刺される。「贖へ」という言葉は、贖罪という言葉を連想させ、強い命令形は逆に、その方法が皆無であることを「海」に突きつける。しかも、「海よ贖へ」と言っているのは「風鈴」である。潮風が吹くたびに「風鈴」が淋しい音を響かせるのである。現実の風鈴なのか、作者の心に鳴っている風鈴なのか。どちらにしても、風が吹くたびに強く、あるいはかすかに鳴るのである。それは、弔いの鉦とも警鐘とも聞こえる。

考えてみると「海よ贖へ」という憤りの言葉に対して、「風鈴」の音はあまりにもささやかである。なぜ「風鈴」なのか。「風鈴」は人間があまりにも無力で、為す術が無いことを思わせる。

この句は「鳴りゐたり」と結ばれている。「風鈴」は永遠に鳴り止まず、海に贖罪を求めるのである。

藩校のそののちは大夏木のみ　子郷

日本で最初に藩校が設立されたのは寛文九（一六六九）年、岡山学校（国学）であった。藩校は諸藩が藩士の子弟を教育するために開いた学校で、以後各地に誕生。明治四年に廃藩置県によって廃止されるまで、二五〇校余りが開設されたという。内容や規模はさまざまだが、概ね七、八歳で入学し、十四、五歳から二十歳で卒業。四書五経の素読や習字を中心に、江戸時代後期には蘭学や武術なども加わり、藩政改革を担う有能な人材が育成された。

掲出句は「岡山、高梁　十二句」と前書のある作品の中の一句である。この「藩校」は有終館を指すのであろう。備中高梁は学問の盛んな土地で、有終館は備中松山藩の教育機関として設立された。二度の火災を経て、新校舎が建設された時、学頭として起用されたのが山田方谷であった。方谷は漢学者だが、藩政改革にも手腕を発揮し藩の財政難を救った。しかし、熱心な教育者で、私塾をも開いて人を育てた。

「藩校」の「そののち」とは藩校が廃止されて後という意味であり、「藩校」という理想を掲げた教育制度が廃れて後、という意味でもあろう。「大夏木」は誇り高い藩校の理想そのものであり、そこから育ったあまたの人々や、作り出す木蔭をも思わせる。

歴史を俳句に詠むと観念的になりがちだが、夏の大樹一本に語らせて成功している。現在は幼稚園となっている有終館跡に、方谷が植えたとされる松が今なお大樹となって残っている。

夕闇のあとにくる闇茄子の馬　子郷

「茄子の馬」は盆供の中でも、素朴にして懐かしい飾り物だ。祖霊を迎え、送るという盆の始めと終わりを瓜の馬や茄子の牛という乗り物によって、見える形にしたことで、盆は子どもにも親しめる行事になった。

江戸時代の季寄せである『増山《ぞうやま》の井《い》』（寛文三）に「瓜茄子祭る」と記載されているから、古くから続く習慣であることがわかる。

掲出句は、夕暮れから夜へと深まってゆく一続きの「闇」を、「夕闇」とそのあとにくる「闇」と二段階に分けたことで、深まりゆく闇の中に藍色の「茄子の馬」を浮かび上がらせている。しかも、「夕闇」のあとにくる「闇」は同じ闇ではないとも読める。灯籠に火が入ると、蓮の花や千屈菜などの盆花、鬼灯や野菜などがにわかに色艶を増し、霊棚が賑わうのである。

その闇こそが、精霊とともに過ごす盆の闇である。

祈りの韻律

三月三日の桃の花に対して、五月五日に菖蒲を節物として飾る風習（かつてはどちらも旧暦）は、中国の民俗信仰に基づく。菖蒲は薬草で繁殖力が強いことから、陰陽思想では陽性の植物と考え、これで陰性の邪気を祓ったのである。清少納言は『枕草子』に、宮中をはじめとして民家でも競うように屋根に菖蒲を葺いた事を、次のように記している。

節は五月にしく月はなし。菖蒲、蓬などの薫りあひたる、いみじうをかし。九重の御殿の上をはじめて、いひ知らぬ民の住家まで、いかでわがもとにしげく葺かむと、葺きわたしたる、なほいとめづらし。

艶々と美しい菖蒲の緑が見えてくるような文章である。五月四日の夜、宮中で内裏殿の屋根に菖蒲を葺いたことは公の記録にも見える。その際、菖蒲に蓬を組み合わせるのが通例であった。蓬もまた邪気を祓う力を持つとされていたのである。

五月五日の端午の節句は、現在では鯉幟や武者飾りを中心とする男児の節句として一般化しているが、これらはすべて江戸期に入ってからの事なのである。

一句にみなぎる品格

菖蒲湯は中国の「蘭湯」（薬湯）の習慣が日本に伝えられて始まった。『楚辞』に「蘭湯に浴し、芳に沐す」とあるので、紀元前にさかのぼる古い習慣である事がわかる。

日本では鎌倉期に始まったとされているが、民間に広まったのは江戸時代に入ってからのこと。其角の句に〈銭湯を沼になしたる菖蒲《あやめ》かな〉とある。菖蒲を浮かべた風呂を、まるで沼に入るようだと詠んだ見立ての句だが、五月五日には銭湯で菖蒲湯を沸かしたことがわかる。元禄以降、それまでの蒸風呂に代わって水風呂が盛んになったのである。

菖蒲湯の沸くほどに澄みわたりけり　鷹羽狩行

（『鷹羽狩行俳句集成』平29）

菖蒲は葉に芳香があり、茎に血行促進・保温などの薬効があるが、どちらも熱く沸かしてこそで、ぬるい湯では効果がない。「沸くほどに澄みわたり」という表現には、菖蒲の葉が放つ強い薫りとともに、熱く澄み切ることで湯に邪気を祓う強い力が生まれるような潔さが感じられる。そこに、男児の節句にふさわしい凜々しさがある。

音読すれば明らかだが、「澄みわたり」という一句の中心をなす部分は、中七から下五へ掛けて言葉が跨《また》ぐ、いわゆる句跨《またが》りのリズムによって仕立てられている。このリズムが「澄みわたり」の部分を強調し、句を盛り上げるのである。さらに下五の切字「けり」が句を鋭く立ち上げ、品格を整える。

「菖蒲湯」そのものを、これほどシンプルに詠み、読者を「菖蒲湯」の薫りに包み込んでしまうのは、韻律の力を最大限に生かしているからである。対象を詠みきった一句と言える。

『鷹羽狩行俳句集成』には、『啓上』と題する贈答句集が収められている。収録句数は四三六句で、誰にどのような時に贈ったかが記されている。多くは句集上梓や各結社の周年記念号などへの祝句で祝意に溢れているが、追悼句もある。〈大滝のあぐるしぶきのとこしなへ〉は水原秋桜子、〈凍返る誓子の詠みし星すべて〉は師山口誓子の逝去を悼んでの句である。なかには〈「お話しちゆうですが鰭酒いかがです」〉という「　」付きの一句もある。この句には「稲畑汀子さんと対談、河庄双園の女将のことば」と前書が付されている。さぞかし熱を帯びた対談だったのだろう。女将の言葉をすかさず一句に仕立てる手腕にユーモアが感じられて面白い。

次の句は『啓上』以後（平成十三年〜）に収録された後、この度上梓された『十八公』にも収められた。

石ことごとく玉となる良夜かな　　狩行

（『十八公』平30）

平成二十五年に詠まれた句で、「伊勢神宮観月会 献句」と前書がある。

伊勢神宮では毎年、中秋の名月の日に神宮観月会が開かれる。外宮のまがたま池の奉納舞台には燭が焚かれ、全国から寄せられた短歌・俳句の秀作が古式に則って披講される。続いて、管絃が演奏された後、舞楽が奏行されるのである。

伊勢神宮は天照大御神を祭神としているのであるから、太陽神の迎える最も美しい月読尊と考えると、観月会がいっそう荘厳なものに思える。

掲出句は中秋の名月を得たことで、敷き詰められた玉砂利を始めとして、石という石が「ことごとく玉」のような輝きを放っているというのである。ここで「良夜」という季語が斡旋されているのは、「月」という言葉を出すと月光が働きすぎて、「玉となる」理由を説明することになってしまうからである。

掲出句の「良夜」には、月の夜を心ゆくまで楽しむ気分が感じられ、献句にふさわしい気品を備えている。

焚火して人みな闇の中にゐる　狩行

冬の濃い闇の中に大きな炎を上げている焚火と、それを囲みつつ談笑する人々。この句の中で、作者はどこに居るのだろう。焚火を囲んでいるのか、それとも焚火を囲んでいる人々を見ているのか。

世阿弥は『花鏡』の中で、芸境を高めるための方法として「離見《りけん》の見《けん》」ということを説いた。演技者として舞台に立ちつつ、自己の姿を客観的に別の視点から全体像として捉えることを言う。掲出句を読んで、それを思い出した。作者は焚火を囲みつつ、自分たちが思いの外深い闇の中に居ることを、俯瞰するかのように眺めているのである。

『集成』に「焚火」の句は二〇句収められているが、このような視点で詠まれた句は無い。作者も含めて、人々は闇をも火をも共有しているのである。

季語を超える

祈るべき天とおもえど天の病む　　石牟礼道子

（『石牟礼道子全句集』平27）

平成三十年二月十日、石牟礼道子氏が九十年の生涯を閉じた。氏は水俣病事件を描いた小説『苦海浄土』によって広く知られている。しかし、氏が作家であるとともに詩人であり、短歌や俳句をも詠むことはあまり知られていない。氏の俳句が注目されるようになったのは平成二十七年に『石牟礼道子全句集——泣きながら原』が出版されたことによる。句集は一頁一句組で三章からなり、随所にモノクロームの不知火の海の写真が挿入されている。

掲出句は衝撃的な作品であり、石牟礼道子という作家の生涯を凝縮したような一句である。氏は小説によって水俣病を告発したが、それは聞き書きという形を取っている。被害者の声を広く世に届けたのである。そして、終生被害者に寄り添い、共に闘うことで人間のあり方を世に問い続けてきた。掲出句の「祈り」は、そういう人の「祈り」である。

この句は句集『天』（昭61）に収められて世に出たが、収録句数が四一句という小句集であったので、時を経て幻の存在になってしまった。それが全句集に収められたことで、改めて光を放った。

初出は、昭和四十八年の新聞。「深い孤独だけを道づれに――水俣・不知火の海の犠牲者たち・時経て生者の中によみがえる」という文章に添えられていた。『苦海浄土』の第一部が出版されたのは昭和四十四年だったから、その四年後である。水俣病が国によって公害であると認定されたのは昭和四十三年だったが、被害者の救済は遅れていた。石牟礼道子はその後も執筆を続け、『苦海浄土』は三部作として完成するのだが、完結するまでにおよそ四十年の歳月が費やされた。この歳月を貫いていたのが「祈り」である。

さくらさくらわが不知火はひかり凪　　道子

同じく『天』所収。氏は昭和二年、熊本県天草郡に生まれた。風土を愛し、郷里を愛し、そこに生きる人々を愛した。「不知火」はその象徴としての存在だ。

氏はエッセイで、日本列島を横たわる妊婦に見立てて、天草は臍の緒、「不知火」は羊水と書いている。満開の桜の季節、「不知火」の海面が、穏やかに凪いで、春の日差しをきらきらと留めているイメージなのである。「さくらさくら」がわらべ唄のようにやさしい。

この一句と共に「祈るべき」の句を読むと、「祈るべき天」が病んでしまっていることに対する悲しみの深さがよくわかる。命を生み出す羊水が、人の手によって汚染されてしまったのである。

絶望の淵に立って、それでも祈り続ける石牟礼道子という人の不屈の魂が思われる。

お蚕《こ》たちの雨乞い今も湖底《うなぞこ》にて　道子

いず方やらん鐘ひびく湖《うみ》あぶら照り

平成十二年の作品で、第三章「水村紀行」に収められている。ここに描かれている「湖」はダム湖であり、水底に水没した村を抱えている。エッセイに、当初は湖の底に小学校の校庭などが見えたことが書かれている。「蚕」の「雨乞い」も、「湖」のどこかから聞こえてくる「鐘」の音も、そこにかつて村があり、人々の生活があったことを具体的なものによって告げている。人々の傷みや悲しみ、自然そのものが負った創《きず》を、俳句に昇華した作品である。

おもかげや泣きながが原の夕茜　道子

句集の題名になった作品。「なきなが原」は大分県の久住高原の通称で、次のような伝説が残っている。

昔、朝日長者と呼ばれる富豪がいた。ある年の旱魃に男池に雨乞いをしたのだが、その時三人の娘のうち一人を差し出す約束をした。大雨によって村は救われたが、長者は娘を差し出すことができず、臥せってしまった。三人の娘は互いを庇い合い、結局三女が自ら犠牲となって男池に行く。娘は身に付けていた観音像によって救われ、遂には幸福な結婚を果たす。その後、朝日長者は横暴を極め、家運は傾き、死んでしまう。残された二人の娘は、三女を頼ってなきなが原を西へ西へと辿るのだが、ついに力尽きて死んでしまう。「なきなが原」は二人の娘が、泣きながら彷徨ったことから付けられたという。掲出句の「おもかげ」は、悲惨な運命に抗いようもなく、哀れにも死んでいった二人の娘の面影だろうか。そこに、水俣病で命を落とした多くの人々の面影が重ねられているように思える。赤々と沈んでゆく夕日と、夕日に染まる「なきなが原」が、悲しみの残照のように心に残る。

亡きひとへ通わす心

奥州外ヶ浜は、春の季語「雁供養」「雁風呂」の伝説を生んだ地として知られている。外ヶ浜がどの辺りを指すのか古来諸説ある。角川『図説俳句大歳時記』には「陸奥湾の内の小湊町夏泊崎から津軽半島の突端竜飛岬にわたる海岸とするのが定説」と書かれている。その外ヶ浜を訪ねたことがある。

外ヶ浜と言っても前述したように長い海岸で、特定の場所を指すのではない。現在は消波ブロックで波を殺しているので、荒波が押し寄せるような景色は少ない。陸奥湾は帆立漁が盛んで、漁師小屋なども立ち並んでいる。どの小屋も帆立漁に使う網を堆く積み上げていた。休日で漁は休みだったが、作業場では数人の女性が黙々と網を繕っていた。室内には薪ストーブが焚かれていて、壁面には天井まで薪が積み上げてあった。津軽はまだ梅雨の最中で、雨も風も冷たい。早春、雁たちが北方へ去るころの寒さはいかばかりかと、「雁風呂」の伝説が生まれる風土であることを実感した。

竜飛岬へ向かってさらに北上し、平舘あたりまで来ると、対岸に下北半島が間近く、寒々しくうねる潮流が見えた。伝説の地に身を置きつつ、「雁供養」という美しくも哀切な伝説を生み出し、それを伝えてきた人々の素朴な詩心を思った。

真心を読み取る

花種を蒔く一鉢は供華として　伊藤伊那男（『然々と』平30）

句集『然々と』は、第二句集『知命なほ』から九年の歳月を経ている。『知命なほ』の後半には、五十五歳の若さで他界された奥様を詠んだ句が多く収められていた。そこには〈十六夜の妻と影踏み遊びかな〉〈新日記余命三月の妻に買ふ〉〈凍蝶といふさながらに妻逝けり〉というような、哀しみの極みから絞り出されるような句が静かに並んでいた。『然々と』の「後書き」によれば、平成三十年に、奥様の十三回忌を終えられたという。

掲出句は「花種を蒔く」いくつかの鉢の中に、「供華」とするための「一鉢」があるという点に心惹かれる。妻という言葉はどこにも使われていないが、妻のための「一鉢」であることは明らかだ。表現としては「花種を蒔く一鉢は妻の供華」とすれば詠めるが、あえて妻という言葉を使わなかったのである。「妻の供華」という言葉は直截すぎて哀しい。それ以上に、「妻の供華」という言葉では表現しきれない思いも籠められているのだろう。寡黙であることで「供華」という言葉の重みが増す。

庭に咲く花を剪って供華とするという内容の句はたくさんある。しかし、供華とするための「花種を蒔く」ことを詠んだ句は見たことがない。やがて芽を出し、花開く時を迎えるまでの日々のささやかな楽しみ。共には生きられなかった時間を、花を育てるという具体的な行為によって共有するのである。

野遊びに不遇の皇子を誘ひ出す　伊那男

「野遊《やゆう》」という言葉の初出は『万葉集』巻十で、「野遊」という題で四首まとまって収められている。〈春日野の浅茅が上に思ふどち遊ぶ今日の日忘らえめやも　作者未詳〉。という歌は冒頭の歌で、春日野の浅茅の上で、親しい者同士が思いのままに遊ぶ今日の日の楽しさは、とうてい忘れられるものではない、とおおらかに歌っている。第四首には大宮人が梅をかざして集う様子が詠まれていて、野遊びが雅な楽しみであったことがわかる。

掲出句はそんな万葉の時代に心を遊ばせつつ、「不遇の皇子」を誘い出そうというのである。特定されてはいないが、筆頭は大津皇子であろう。有力な天皇候補であったが、策略によって謀反の罪を着せられて処刑された。死に臨んで詠んだ歌、〈百伝ふ磐余《いわれ》の池に鳴く鴨を今日のみ見てや雲隠りなむ〉はよく知られている。同じように、有間皇子も陰謀によって、謀反の罪で処刑された。死地に赴く時に詠まれた〈岩代の浜松が枝を引き結びま幸くあらばまた帰り見む〉は『万葉集』白眉の一首とされている。大津皇子は二十四歳、有間皇子は十九歳、共に詩歌に秀でた皇子であった。

掲出句は春の長閑さそのものの、平明で明るい句ではあるが、「不遇の皇子」をこそ己が仲間として心を通わせている点に、作者の人柄が滲んでいる。「誘ひ出す」という飾らない表現にも真心が感じられて、「野遊び」の季語が動かないのである。

重箱を開け月かげを溢れしむ　伊那男

平成三十年の中秋の名月は九月二十四日、満月になるのは翌二十五日である。月見の風習は中国に倣ったもので、記録によると平安時代初期には朝廷や民間で宴が開かれていたようだ。

掲出句には月見という言葉は使われていないが、「重箱」「月かげ」とあるので月見の場を詠んだ句であることがわかる。家族や仲間が集まっての月見の宴なのだろう、重箱の中に、心づくしの料理が詰まっていることが想像される。

季語の「月かげ」は「月」の傍題で、「月の光」という意味だが、「月光を溢れしむ」としなかった点がポイントである。「月影」の第一義は月の光、月明かりだが、第二義に月の光に照らし出された人や物の姿という意味もあるからだ。

この句は、重箱を開いた瞬間、美しく詰められた色とりどりの料理が月光を浴びて輝く様子を、「月かげ」を溢れさせると表現したのである。この場合の「しむ」は使役の助動詞で「〜させる」という意味。古典的な表現が一句に品格を添えると共に、調べを引き締めたのである。

艶々とした漆黒の重箱から、秋の味覚とともに月影が湧き出すような句である。

ちなみに作者は酒亭、銀漢亭の主で名料理人。重箱の中身は当然伊藤氏が心を籠めて調達、料理したもの。蓋を開けて「月かげを溢れしむ」のも伊藤氏である。

移ろいゆく命の時間

唐突に来る晩年や小夜時雨　　前田　攝子

（『雨奇』平30）

時雨は初冬に降るにわか雨で、局地性・瞬時性が強調されて無常の観念と結びついた。中世の連歌師、宗祇は〈世にふるもさらにしぐれの宿りかな〉と詠んで、人生は時雨のやどりのように儚いと嘆いた。それを受けて芭蕉は〈世にふるもさらに宗祇のやどり哉〉と詠んだ。この句には季語が無いが、宗祇の「しぐれ」を受けての一句で、「この世を生きるのは、宗祇が『しぐれの宿り』と詠んだ通り、はかなくつらいことながら、そこにまた侘びの醍醐味があるというものだ」との思いを詠んだのであった。前田氏は、高等学校で国語の教鞭をとっていた方だから、時雨の伝統に寄せる思いが深かったのではないだろうか。

「晩年」という言葉が突然、作者の胸を突き刺すように訪れたのは、夫の死が差し迫った時であった。死の間際にある夫は、今まさに晩年を生きているのである。それは同時に、作者にも晩年意識をもたらしたのだろう。「唐突」という言葉が、何の脈絡もなく不意打ちのように、「晩年」に襲われた戸惑いと哀しみをよく伝えている。その時、宗祇や芭蕉が聞いた「時雨」の音が身に入むように聞こえてきたのである。

集中、二〇一五年の第Ⅱ章「雲蛍」には、〈晩秋の波のどぶんと崩れけり〉〈今生の終の添ひ寝の布団敷く〉〈枯野行くふところに死の診断書〉と絶唱が続く。掲出句は「小夜時雨」という古典的な美しい季語が置かれたことで一層悲しいのだが、それは「時雨」の伝統に身を置く者の、心の底からの寂しさでもある。

冬鹿の声を聴きゐる枕かな　攝子

句集の第Ⅲ章「遍路」は〈発心や中天に立つ寒北斗〉の一句をもって始まる。前田氏はご主人を送られた後、四国八十八箇所の霊場を歩き、半年余りをかけて満願。高野山に御礼参りをしたという。さらに、一周忌を終えて、「遍路ころがし」といわれる難所を歩いたのであった。

この章には、遍路として四国を歩いた日々の作品が独立して収められている。遍路として札所を巡る旅は、様々な人々との出会いをもたらした。〈子遍路の姉妹しづかに湯をつかふ〉〈山桜朝のひかりを温めをり〉というような句に出会うと、作者の心が優しさや気高いもので満たされてゆくのがよくわかる。

掲出句は〈短日の遍路ころがし下りけり〉の一句とともに並んでいるので、ご主人の一周忌を修されて後の作品であることがわかる。すでに満願に達しながら、「遍路ころがし」と呼ばれるような急峻な道をあえて歩く志はどこから生まれるのか。全身全霊で臨まねばならないような、圧倒的な存在に向かうより他に身の置き所のない作者の悲しみが思われる。

この句が捉えているのは、冬枯れの遍路宿で聴いた「冬鹿の声」である。鹿は交尾期を迎える秋がもっとも美しく、牡鹿の鳴き声にも詩情が感じられる。しかし、冬の鹿は命の躍動期を終えて、寂しい声を発しているのだろう。遍路にならねば収拾のつかない、身の内に沸き立つ思いの果てに聞こえてきた、「冬鹿の声」なのであろう。

まだ砂になりきれぬ石雁渡し　攝子

小さな「石」がやがては砂粒になるための厖大な時間を思うと、「石」はすべて「砂」になる途中の存在なのだとわかる。人間の、たかだか百年単位の時間では不変、不動であると思える石も、壮大な地球規模の時間の中では動き、形を変化させ、ついには石ではなくなる。消滅するのである。掲出句ではそれを、「まだ」「なりきれぬ」と擬人化することで、自然の流れに従いきれない、あるいは「砂」になるという宿命を全うしきれない石の姿を捉えている。

それに対して、風は見えないけれどもいつも流れ、動いている。「雁渡し」は雁が渡って来るころの、秋の清々しい風。この風に乗って北方から渡ってくる雁たちは、石が砂になるために要する時間に比べれば、ほんの束の間の命を生きるに過ぎない。「雁渡し」は雁たちの小さくはかない命を運ぶ風だ。

小さな石が生きる時間と、雁渡しに乗って遥々日本にやってくる雁たちの時間。見えるものと、見えないもの。天上と地上。掲出句は「石」と「雁渡し」という異質なものを組み合わせることで、すべての存在が時間内にあり、移ろい消滅してゆく途中のものでしかないことを告げている。そう思うと、小さな石も天空を渡る風も、海を渡る雁も限りなく愛おしい。

次の時代へ

平成三十年十二月五日、朝日新聞が「詠み人おらず」という見出しでＡＩの詠んだ俳句を紹介した。北海道大学大学院の川村秀憲教授が開発した「ＡＩ一茶くん」は、一秒間に四〇句を詠むことができる。

そこで、俳人チームと一茶くんが対戦したところ、総合点では俳人チームが勝ったものの、最高点を獲得したのは一茶くんの〈かなしみの片手ひらいて渡り鳥〉という作品だったという。一茶くんは現代俳句七万句を学習していて、単語の繫がりや、季語などを自ら学ぶ。しかし、現段階では自選力がないので、対戦するには人の手を借りなければならない。同様に、選句力もない。そこで、今後は人がどういう句をいいと思うか判断できるように成長させるそうだ。

一茶くんは、どこまで成長するのだろう。一茶くんが選者として迎えられる日は来るのだろうか。ＡＩ俳句が進化すれば「何が創作で、何を俳句とするのかという人間側の価値観が問われるだろう」と青木亮人氏は言う。確かにそうだ。しかも、俳句には評価の側面もある。作品の価値を決定するのは、読みの力だ。現段階のＡＩは俳句は詠めても、他者の俳句を鑑賞することはできない。俳句を読むということは人と人が関わることで、俳句を読む楽しみは人間のものである。

受け継ぐ力

浴びて来し花を零せる桟敷席　山田　佳乃　（『波音』平30）

掲出句は「金丸座」と前書のある句と共に収められている。

江戸時代、四国金刀比羅宮は参詣人で賑わったことから、年三回、芝居や相撲、操り人形などの仮設舞台が建てられた。これが常設の芝居小屋として完成したのが天保六（一八三五）年。当時は大坂や江戸から千両役者が訪れて繁盛したという。しかし、時代の流れとともにさびれ、小屋は荒れたまま放置されていた。それを惜しんで移築し、歌舞伎舞台として復活したのが昭和六十年。現在では「金丸座」は、日本最古の芝居小屋として国の重要文化財に指定され、春に公演が行われている。

この劇場は、江戸期の形を残しているので、舞台正面の客席はすべて枡席。その左右に桟敷席がある。当日、作者は何人かの人と連れだって爛漫の桜を楽しみ、「金丸座」へ入ったのだろう。「浴びて来し」という鷹揚な調べには、しばし桜を眺めて来た人の満足感が感じられる。作者は和装の似合う麗人。桟敷に座るとき、畳んだショールや道行きから、はらりと「花」が零れたのである。まるで身から零れ落ちたような落花を、「いつの間に」と思いつつ、芝居という虚の世界へ誘われてゆく。しかも日本最古の芝居小屋という特別な空間で、どこか夢幻的とも思える一句。一片の落花によって、「桟敷席」そのものも美しい。

山滴るや日本は竹の国　佳乃

六月二十日、京都の鞍馬寺では水への感謝と、五穀豊穣、破邪顕正《はじやけんしよう》を祈願して竹伐会《たけきりえ》が行われる。この行事は平安時代に遡る歴史を誇る。鞍馬山は洛北にあって、牛若丸や鞍馬天狗で知られる神秘の山。梅雨時とあって、山中には夏霧が流れていることもある。この日、本堂の前には大蛇に見立てた太い青竹が置かれ、近江座と丹波座の二手に分かれた僧兵姿の法師八人が、その青竹を五段に切り落として速さを競う。

掲出句は「鞍馬竹伐会」と前書のある句群に収められている。このような題材の場合、シャッターチャンスを狙うように、見せ場を切り取って一句に仕立てるのが一般的な手法だが、加えて行事そのものを大きく捉える作品があると、全体がまとまり格調が整う。

鞍馬寺は京都の北方を守護する寺で、太古の昔、金星から降臨したと伝えられる魔王尊を本尊としている。そんな霊峰を「山滴る」という瑞々しい季語で讃え、切字を使って堂々と打ち出した。以下の内容は抽象的だが、季語の効果で艶やかな竹が見える。また、促音を含む七・五・五のリズムによって、一句全体に力が漲っている。これは、直径一〇センチはある太い竹を、山刀で断ち伐るという勇壮な行事を眼前にしているからこその迫力である。

竹の生命力や、竹林の美しさはもちろん、食材としての筍、日常の用から工芸品まで、竹の文化は日本の隅々に及んでいる。結果として、日本＝竹の国という大胆な断定が、竹伐会そのものを讃えることにもなったのである。

神々の高さに鷹の光りをり　佳乃

作者の母、山田弘子氏の句碑が沖縄県の宮古島に建立されたのは平成十七年のことだった。刻まれた句は〈蒼海へ鷹を放ちし神の島〉である。

弘子氏は毎年たびたび、宮古島を訪れ、子どもたちに俳句を教え、島に俳句を根付かせた。ところが、平成二十二年に急逝。主宰誌「円虹」とともに、宮古島との交流は佳乃氏に継承された。掲出句は、平成二十七年に、弘子氏の句碑の隣に建立された碑に刻まれている。

宮古島は鷹の渡りの中継地で、十月、寒露のころに本州から刺羽が渡ってくる。刺羽は夏は中国北部、朝鮮半島、日本で繁殖し、九月半ばになると本州から南下を始め、徳之島や宮古島で羽根を休めた後、東南アジアへ向かうという。歳時記では「鷹渡る」は秋の季語だが、刺羽のように南方へ渡る種類と、日本で越冬するために中国大陸からやってくる鷹がいる。

掲出句は、母の句が「神の島」を主体として、珊瑚礁の広がるマリンブルーの海へ鷹を放つと表現しているのに対し、上空高く飛翔する鷹を「神々の高さ」と捉え、神の領域に生きる姿を描いている。鷹は、上昇気流を捉えて飛ぶので、雲の中に入ってしまうと肉眼では見えない。澄み渡った空を「光」となって巡る勇姿は、大自然の神秘そのものだ。

どちらの句も、鷹を詠んで一句の世界が澄んでいる。宮古島の、自然や文化に対する深い敬愛がなければ生まれない句だ。

新しさを求めて

胎児はや指を吸ひをり春の雪　佐怒賀正美

（『無二』平30）

胎内に宿った小さな命が、出産という形で誕生するまでの成長の速度は驚異的だ。妊娠三か月の胎児は羊水を飲み込んで、尿として膀胱から排出することができるようになり、六か月になって子宮の外の音や母親の声が聞こえるようになるころには、まばたきができるという。七か月になると、生まれてすぐに母乳が吸えるように、唇の神経を発達させて準備するそうだ。この時期の胎児なら、指を吸っていてもおかしくない。

『無二』は作者の第七句集で、平成二十六年後半から三十年前半の作品が収められている。この間、二人の孫に恵まれたことがあとがきに書かれているので、掲出句はそのような背景から詠まれたのかもしれない。

作者は幼い命を祝福しつつ、小さな命が母の胎内にあって、早くも指を吸うことで不安と孤独を慰めていることを思っている。命は孤独を宿しつつ、完成するのである。そんな胎児に、やがて生まれ出る世界には春の雪が降り注いでいる。「春の雪」は羊水からの連想だろうか。この句が、指を吸う無垢な命に、荘厳とも思える輝きをもたらしているのは、「春の雪」という季語の効果による。胎児を包む水と、天から降り来る春の明るい雪。命を育む水が、この句を清らかで豊かなものにしているのである。

『無二』には、〈こほろぎや赤子の夢をつくる風〉という、切ないほどに美しい句も収められている。平仮名表記が「こほろぎ」の声を乗せて吹く秋風をイメージさせ、赤子の幸福な眠りを想像させる。

作者自身は還暦を迎え、命に対する思いが一層深くなっているのだろう。赤子をテーマとする一連の作品に、慈しみの眼差しが感じられる。

眼球の奥のつながり水温む　正美

掲出句は京都九句の中の一句で、「天龍寺」と前書が付いている。天龍寺は京都嵐山にある名刹。世界文化遺産に登録されている。この寺院の中心をなす曹源池《そうげんち》庭園は、開祖夢窓疎石の作庭と伝えられていて、七百年前の面影を今に残すと言われている。

この庭にはいくつかの特徴があるが、嵐山と亀山を借景とする池泉回遊式庭園であることは特筆される。四季折々に推移する山の景色を取り込むことで、庭そのものの季節感が変化するのである。そんな天龍寺を作者が訪れたのは、「水温む」季節である。曹源池は「曹源一滴」という禅の用語から付けられた名前で、一滴の水は命の源であり、あらゆる物の根源であるという意味である。「水温む」という季語の斡旋は、この池の名前の由来を心に置いてのものだろう。同時に、池を眺めている自分の両眼が、温かく潤うように感じたのである。実際には眼球の奥には百万本もの視神経の束があって、左右それぞれ脳に繋がっているので、両眼そのものが繋がっているわけではない。しかし、明るい春の池を凝視していると、それを捉えている両眼の奥に、もう一つの池が存在するように思えたのである。「水温む」という季語以外では成立しない、新鮮な一句である。

同じく京都を詠んだ句で〈次の世の竹林明かり春時雨〉には「嵯峨」と前書が付いている。嵯峨は竹林で有名だが、ここには大小無数の古墳、陵が点在している。「春時雨」にしっとりと濡れた竹林の明るさが、そのまま「次の世」のものであるように思えたのだ。「次の世へ」では無く、「次の世の」としたことで、竹林そのものが異界になったのである。

都市に根を下ろす鉄骨黄落期　正美

「都市」は現代を生きる私たちにとって魅力的な題材だが、俳句に詠まれるのはおおよそ高層建築で、パターン化している。

掲出句が面白いのは、高層建築を支える地中を見つめていることだ。建設工事の現場などを見ていると、鉄筋や鉄骨がとてつもなく深く地中に打ち込まれてゆく。作者はこれを「根」と捉え、ビルもまた「根を下ろす」ものと表現している点が新鮮だ。

季語が「黄落期」なので、街路樹の銀杏並木も見える。銀杏は、最も美しい「黄落期」を迎えると、都会では枝を刈り込まれてしまうが、地下には根を張り巡らして大地をしっかり摑んでいる。

「都市」の地下には、「鉄骨」の根と樹木の根が混在しているのである。

この作品は、「都市」を地中という視点で捉えた切り口が新しいが、一句を決したのは「黄落期」という季語の斡旋である。自然と人工は対比的に捉えられることが多かったが、作者はそれらが渾然一体となった「都市」を、知的な眼差しで詠んでいる。

祈りのことば

「神は季節の変わり目に遠くから訪れ、村人の前に姿をあらわす」。これは折口信夫の「まれびと」論の根幹をなす言葉である。

芳賀日出男氏は学生時代に師、折口信夫の講義に開眼し、日本民俗の晴と褻を写真によって記録することを志した。年中行事を採集するためにテキストにしたのは歳時記。その成果をまとめた写真集『日本の民俗　暮らしと生業』が、角川ソフィア文庫の一冊として上梓されている。

第一章は正月。昭和二十八年にいわき市上釜戸で撮影された正月の様子が紹介されている。年男が座敷に飾るお正月様は、藁を美しく組み合わせた神の依代《よりしろ》。田植えの時から特別に準備するという。「年神は稲の穀霊であり、先祖神でもある」と書かれているのだが、言葉で説明するより一目瞭然。姉妹編の『日本の民俗　祭りと芸能』では各地に伝承されている年中行事が紹介されている。中でも昭和三十二年に愛知県中島郡祖父江町で撮影された虫送りは貴重だ。藁の馬にのった藁人形の田の神を先立てて松明を持った人々が田を浄めてゆく様子がよくわかる。祈りの場に藁が欠かせなかったことが伺える。角川書店の『図説俳句大歳時記』が手に入りにくくなった今、これらの写真集は季語の源流を知るのに欠かせない貴重な一冊となる。

未来への祈り

大鷹の空や一期の礼をなす　宇多喜代子

（『記憶』平23）

『記憶』は作者の第六句集で、前句集から十一年の歳月を経て編まれた。この間、佐藤鬼房や鈴木六林男、田中裕明、山田弘子など多くの俳人が逝去した。宇多氏は一人一人に追悼句を寄せているが、なかでも師、桂信子の逝去は特別だった。

桂信子が亡くなったのは平成十六年十二月十六日。宇多喜代子『この世佳し―桂信子の百句』によると、十二月九日の早朝に自室で倒れ、駆け付けた朝八時にはかすかに頷く力があったが、五分もすると反応がなくなり、意識のないまま病院で息を引き取ったという。「その死は、死去、死没、逝去、他界、どれともちがう。永眠がもっともふさわしいと思えるものであった」と記されている。喪われることも、損なわれることもなく、静かに眠り続けている大きな存在のイメージなのだろう。

掲出句は、追悼五句の冒頭に置かれた作品で、九十年の歳月を堂々と生き抜いた師を「大鷹」と捉えて丈高い。冬の青空に飛翔し、やがて気流に乗って去り行く鷹は神々しいばかりだ。それを「大鷹の空」と表現して句柄が大きい。「一期の礼」は「いちごのいや」と読みたい。単なる礼ではない。そこには心を尽くして敬い、葬儀をなすという気持ちが籠められている。生涯一度の「礼」なのである。

桂信子に〈大花火何といつてもこの世佳し〉の句がある。「この世佳し」は桂信子最晩年の感慨であったという。その「この世」に別れを告げて去り行く師を、深い尊敬の念をもっていつまでも仰いでいるのだ。

甕底にまだ水のある夕焼かな　喜代子

掲出句は、『俳句』平成十八年七月号に「水甕」と題して発表された五〇句の中の一句で、発表当時から注目された作品である。

「水甕」と「夕焼」だけで詠まれた単純明快な作品で、題材を絞り込んだことで「水甕」の存在感が圧倒的だ。「水甕」には簡素で人間的な生活のイメージがあり、日本の山村生活や、アジアに生きる人々の生活を想像させる。「夕焼」は日本の夕焼でありアジアの夕焼でもあろう。夏の夕焼のダイナミックな色彩感によって、「水甕」から想像される人々の生活に健康的な活力が感じられる。

掲出句はその「水甕」に、まだ水があるという。しかし、「まだある」という表現は逆に残りが少ないことを想像させる。句集には〈水甕に鋳の一筋じわりと夏〉〈一村の水吸いつくす茄子の花〉〈水を飲むための自力や日雷〉という同時期に発表された句も収められている。「水甕」に残っている「水」には危機感が感じられ、華やかな「夕焼」は滅びの予兆のようでもある。

掲出句は、提示された光景が単純かつ鮮明であることで、現代社会のもっている水をめぐる危うさを、象徴的に表現しているとも読めるのである。

夏草となるまでわたしは死なぬ　喜代子

掲出句には「沖縄南風原壕20号　十二句」の前書が付されている。

南風原壕は陸軍病院のあった所で、院長以下、軍医・看護婦・衛生兵・ひめゆり学徒たちが傷病兵の看護に当たった。南風原町はこれを文化財に指定、平成十九年に一般公開が始まった。掲出句はその二年後に詠まれている。

十二句の冒頭に置かれているのは〈海風の薙ぐ夏草を見たか老婆よ〉である。病院とは名ばかり、薬も医療器具も何もかも不足するなかで、兵隊たちは麻酔も使わず腕や足を切断されるのが日常だった。暗く、狭い壕の中で兵隊たちは呻き、苦しみ続けたのである。それを、「見たか老婆よ」と語り掛けることで、壕の中で起こったことをまざまざと想像させている。

第二句は〈夏草と一日見合う二日見合う〉。夏草は兵隊や従事して命を落とした人々の形見である。夏草は語らないが、大地の記憶を伝えているのだ。〈根の残る夏草と夏草物語〉は、それを詠んでいる。そして十二句を締め括るのが、掲出句である。

「夏草となる」とは、忘れないということであり、証言者となるという意味である。しかも、声高に語るのではなく「夏草」の中の一草として、地に深く根を張って証言し続けるというのである。「わたしは死なぬ」は、夏草となって生きることの覚悟であり宣言である。一句はそのまま、祈りの言葉なのである。

十七音に籠めたカオスの力

諸《ロ》面《テ》裏はかの世や能始　高橋睦郎

（『十年』平28）

能は高度に洗練された仮面劇で、役割に応じて使い分けられる。いくつか例をあげると、鬼神をあらわす顰《しかみ》、竜神をあらわす黒髭ほか、天狗は大癋見《おおべしみ》、武人は平太、公達は中将、地獄に堕ちた男の亡霊は痩男、女の亡霊は痩女、若い女性は小面・若女・孫次郎、中年の女は曲《しゃく》見《み》・深井、老女は姥・老女、女神は増《ぞう》、そして鬼女は般若と枚挙にいとまがない。

これほど面は多用だが、登場人物すべてが面を掛けるわけではない。男性を演じる時、それが現在生きている男性として登場する場合は、老人を除いて原則として面は用いない。しかし、女性を演じる場合は必ず面を用いる。

「能始」は新年最初の能楽の舞台のこと。荘重に「翁」から始まり、国土安穏、五穀豊穣を予祝して「高砂」などの新年にふさわしい演目が演じられる。

ところが、掲出句はめでたい「能始」であるにもかかわらず、能面の「裏はかの世」だという。「諸《ロ》面《テ》」はもろもろの面という意味で、冒頭に挙げたような様々な面をいう。その面の裏側が、ことごとくこの世とは別の世界と繫がっているというのである。考えてみると、亡霊はもとより、神も天女も精霊などもこの世のものではない。能舞台という虚の空間で、演じ手は面を掛けることでこの世ならぬ者を演じることができるのである。それは、能面そのものに宿る霊力が、演じ手に乗り移って力を与えるからである。そういう意味では、舞台に登場する生きている男には霊力がないという設定は、なかなか面白い。

能舞台に描かれている松は神の依り代である。むしろ鬼神をふくめた「かの世」の力を得ることで、新年を言祝ぐ強い霊力が授かるのである。

やすらへ花・海嘯《つなみ》・兇火《まがつひ》・諸靈《もろみたま》　睦郎

掲出句は〈土波《なゐ》海嘯《つなみ》冴返る一億三千萬〉〈土波いくたび今年の櫻遅かりき〉など、東日本大震災をテーマとする作品とともに収められている。

「やすらへ」は桜の花よ安らえ、という祈りの言葉である。花が安らうことで「海嘯・兇火・諸靈」が鎮まるというのである。これを「花鎮め」という。「花鎮め」は崇神天皇の時代に始まると言われていて、平安時代に盛んに行われた。それを今に伝えているのが、京都の奇祭「安良居祭」である。

「安良居祭」は四月の第二日曜日に行われる。今宮神社の摂社の一つである疫《えやみ》社の祭礼で、疫病退散の鎮花祭である。平安時代、人々は桜が散ると、花びらとともに疫神が飛散すると信じ、それを鎮めるための祭を生み出した。祭の主役は風流傘と呼ばれる花傘で、直径約二メートル。緋色の傘に、同じく緋色の布が傘をめぐるように垂れ下がっている。傘の上には若松を中心に、桜・柳・山吹などが高々と挿されている。傘に入ると一年間無病息災でいられるというので、人々は競うように傘に入る。また、鬼に扮した踊り手が四人、太鼓や鉦を鳴らしつつ飛び跳ねる。鬼は「しゃぐま」と呼ぶ赤と黒の長髪を被り、緋色の大袖を閃かしつつ飛び跳ねるのだ。地の神を鎮める呪術と思われる。

掲出句では、花鎮めに天神地祇《ちぎ》の霊力を結集させて、「海嘯・兇火・諸靈」をも鎮めよというのである。海が嘯《うそぶ》くと書いて海嘯。兇は凶と同じ意味だから禍々《まがまが》しき火で火災。諸霊は、ここでは津波や地震などの災害によって命を落とした人々の霊魂である。「海嘯・兇火・諸靈」と並ぶと旧字体の効果によって言霊が引き出されるようで、一句が呪符のようにも思える。

この世にもたらされる凶事《まがごと》を調伏するのに、「花」をもってすることには歴史がある。人智を超える天変地異や悪疫に対するのに、人々は花よ安らえと祈り続けてきた。花鎮めは、切なくも美しい祈りなのである。

無き家に亡き母ひとり年守る　睦郎

句集『十年』には母を詠んだ句が五句収められている。〈初寝に眞紅を見たり妣ならん〉〈帚木の母はるかなり雲夕べ〉〈黄泉夜長わが母われを忘れます〉〈泳ぐ母見し唯一度夏送る〉、そして掲出句で、どの句の母も孤独な美しさをもって描かれている。

なかでも掲出句の母は、大晦日に「無き家」で一人ひっそりと新年を迎えるというのである。「年守る」は大晦日に眠らず、夜明かしをして新年を迎えることをいう。これは、かつては大晦日に歳神が訪れるのを迎えて饗応したことによる。一年が終わり、新しい年が始まる節目に、生まれ育った家が懐かしく思い出されるのだろう。そこには永遠に母が存在する。

すでに遠く失われた生家と母への憧憬、郷愁。それは胎内への回帰を願うような切なさである。

Ⅳ

構成力の可能性

――友岡子郷「貝風鈴」三三句を読む試み

貝風鈴　　友岡 子郷

母の日は雨舳先より濡れはじむ
あらたなる雲ながれつぎ枇杷の種
皿に盛りたる枇杷ほどの歳の差か
一本の柄杓のごとき清水なる
子午線の町の風波梅雨に入る
冷蔵庫加冷の音す夜は孤り
番傘の雨音父の日なりけり
蛍火はこころにゆききき父の墓
木のこゑに応ふる木ある墓参かな
明易や鳥食みのもの庭に撒き
さみしさの大き水輪は鷭ならむ
朝涼の白木の柩たれ待つや
夏雲のゆたにながるる江鮭
青林檎小さき谺を秘めゐるも
方位なき地下街出でて夏の雲
人いきれより逃れきて草いきれ
浮巣に雨木の巣にも雨鳥は見ず
浜昼顔どこへ行かむと乗り越し
海はいま銀の平らに魂送り
八月六日、九日を過ぎ潮けむり
花アカシア石切りの山細りゆく
歩きスマホ同士ぶつかる夏の駅
軒先の貝風鈴のひとしきり
貝風鈴碧落の音聞こえ来ず
貝風鈴思ひ出うすれゆきにけり
研師来し木蔭の今は木下闇
この雨は如意輪観音涼しくす
よろこびはかなしみ誘ひ滝白し
近江路はいくつもありて一つは鯖
十一面観音穭田となりぬ
精霊蜻蛉龍太碑に龍太居ず
水駅は色変へぬ松並むところ
病む妻に外はこほろぎ月夜かな

友岡子郷氏の作品「貝風鈴」三三句は、平成三十（二〇一八）年に「俳壇」八月号に発表された。この年の六月に蛇笏賞の贈呈式を終えたばかりで、『俳句』七月号に二一句「緑さす」を発表、それに続いての発表であった。

「貝風鈴」は「母の日」から始まって「病む妻」で終わるという構成になっている。季節が初夏から中秋へと推移するなかで、作者の生活や心情が、物語性をもって浮かび上がってくる。それは、一句一句の奏でる音が響き合って、一曲の音楽になって聞こえてくるような構成なのである。

母の日は雨舳先より濡れはじむ　1

蛇笏賞を受賞した句集『海の音』に、「夭折なれば」という前書を付して〈母を知らねば美しきいなびかり〉という作品が収められている。年譜によれば作者は昭和二十一（一九四六）年の六月、十二歳の時に母を病気で喪っている。同じ年に新しい母を迎えるが、生母への思いは尽きることがなかった。〈母は仮泊に似て逝きし春の海の色〉など、第一句集『遠方』には母を詠んだ句が多く収められている。

このような背景を頭に置いて読むと、「貝風鈴」の冒頭が「母の日」の句から始まることに、作者の心情が思われる。作者にとって「母の日」は、少年の日に喪った母を追慕する日なのである。

第一句は雨の降る「母の日」で、海という言葉を使わずに「舳先」によって海の見える風景へと展開。雨の海に、かつて「仮泊に似て逝きし」と詠んだ母をまた思うのである。下五を「濡れはじむ」と結んで三三句の導入の一句にしている。

あらたなる雲ながれつぎ枇杷の種　2

「雨」から初夏の晴れた空へと転じて、「あらたなる雲」に明るい季節を捉えている。ここは下五に置いた「枇杷の種」によって食卓の風景であることがわかる。雲の色、枇杷の色と色彩も明るい。

皿に盛りたる枇杷ほどの歳の差か　3

第2句から第3句へは「枇杷」によって連続しているが、「皿」の上にある「枇杷」の数を、「歳の差」へと飛躍させている点がポイント。この段階では、誰との歳の差なのかは不明なのである。しかし、ここも『海の音』に〈桔梗やひとり欠ければ孤りの家〉という作品があるので、おそらくは妻との歳の差を思っているのだろうと想像がつく。

「私の俳句クロニクル　友岡子郷」(『俳句』令和元年十月号所収)によれば、奥様は九歳年下。新婚当時の句に〈枇杷むく妻へ一流水のごと帰る〉があって、「枇杷」が妻への思いに繋がる果物であることが思われる。

一本の柄杓のごとき清水なる　4

食卓の枇杷から光景を転じて「清水」。「一本の柄杓のごとき」は「清水」の流れ出す様子を描写しているのだろう。柄杓に汲んだ清冽な「清水」が差し出されるような句である。

子午線の町の風波梅雨に入る　5

五月から六月、梅雨へと季節が移る。「子午線の町」とは兵庫県明石市で、東経135度が町を通過している。また、明石の海は白砂青松でも有名。何でもないようだが、「子午線の町」と「風波」を繋ぐのは難しく、町と海を結び付けて風景を広げ、それらがことごとく「梅雨」を迎えたことを表現しているのである。

冷蔵庫加冷の音す夜は孤り　6

梅雨期に入って、じめじめと蒸し暑い夜である。「冷蔵庫」が温度を下げるために唸っているのだろう。「加冷」に「加齢」を想像させて、妻は不在なのか、夜を孤独に過ごす作者をイメージさせている。

番傘の雨音父の日なりけり　7

蛍火はこころにゆきき父の墓　8

木のこゑに応ふる木ある墓参かな　9

冒頭の「母の日」に対して、第7句は「父の日」で一対。「母の日」が「雨」であったので、ここでも「雨」を詠んでいる。「番傘」は雨をしのぐものであるが、ごく庶民的なもの。そこに雨が降りかかると大きな音が響く。「母の日」は遠く、「父の日」は近しい。父となった自身にとっても「父の日」なのである。

続く第8句は「父の日」から「父の墓」へと風景が動く。「父の墓」に飛ぶ「蛍火」は現実のものではなく想像上のもの。常識的に、夜の墓参は考えられないからである。「蛍火」は心の中に去来するものであり、それを「こころにゆきき」と詠んでいる。

第9句も「墓参」。第8句から続く作品で、現実の「墓参」ではない。「木のこゑ」に応える「木」という表現によって、見えないけれど通い合うものをイメージさせている。季語としては「墓参」が秋の季語ではあるが、一連の作品の中では夏の句。

明易や鳥食みのもの庭に撒き　10

夜の光景から「明易」、夏の早朝へと転換が図られている。「鳥食み」は鳥の食むものの意で鳥の餌。庭に鳥の餌を撒いて、鳥の訪れを待つのである。穏やかな日常の風景。

さみしさの大き水輪は鸊ならむ　11

前句の「庭」に訪れる「鳥」からの発想で、「鸊」を思い描いた句。「鸊」はやや大型の夏の水辺の鳥。

この句は句末の「む」が推量であることでわかるように、「大き水輪」だけを描いて「鶺」を想像しているのであって、「鶺」は見ていない。第10句も、餌を撒いているだけで鳥は描かれていない。表現技法としては、「さみしさ（名詞）」の「大き水輪（名詞）」は「鶺（名詞）」「なら＋む（断定の助動詞＋推量の助動詞）」で、動詞が使われていない。

朝涼の白木の柩たれ待つや　12

第10句の「明易」から「朝涼」へと朝の世界へ転換する。しかし、「明易」という清々しい季語から、突然「白木の柩」が登場して意表を突かれる句である。しかも、「柩」を主体として「柩」がそこに納められる人を待っているという発想にも驚く。句末の「や」は疑問形だから、納められる人を「柩」は知っているのかもしれないと読める。「たれ」の中には作者自身も入っているのだろう。「朝涼」が「白木」をよく生かすだけに、空の「柩」が不気味だ。

夏雲のゆたにながるる江鮭　13
青林檎小さき翎を秘めゐるも　14

「江鮭」は、「あめのうお」と読む。琵琶湖産の山女の近似種なので、琵琶鱒ともいう。冒頭第1句の背景にある海、第5句の梅雨入りの風景に用いられた海、そしてここでは「湖」を置いている。前句のインパクトが強いので、「夏雲」を豊かに流すことで気分を変えている。季語は「夏雲」。しかし「江鮭」の効果で、水面にも夏の白い雲が次々と映し出されるようである。

第14句は、前句の「江鮭」に対して「青林檎」。「小さき谺」は林檎を噛んだときのシャリシャリという音。それが「青林檎」の中に秘められているという発想である。句末の「も」は詠嘆で、「秘めていることよ」という内容。次の第15句がまた「夏の雲」なので、彩りを添えるような働きをしている。

方位なき地下街出でて夏の雲　15

「地下街」という人工的な世界と、そこから出てまず目に入る空を、「夏の雲」として捉えている。「方位なき」は、地下街にいて方角がわからないだけではなく、人工的な世界に身を置くとき、自分の位置が見えにくくなるという意味も持たせている。そして、次の句に繋がってゆく。

人いきれより逃れきて草いきれ　16

「人いきれ」と「草いきれ」を一対にして、都会の雑踏を息苦しくやり切れないものとして捉えている。

このリフレーンの手法を次にも使用。

浮巣に雨木の巣にも雨鳥は見ず　17

「浮巣」と「木の巣」を対にして、それらを包むように「雨」が降っている。「浮巣」は鳰が沼や池などの水面に作る小さな巣。鳰にとっては生活の場であり、子育ての場でもある。しかし、水面の「巣」も樹上の「巣」も空《から》。見えてはいない物を詠んでいる。

第10句、第11句でも鳥を詠みながら、鳥そのものは姿を現していなかった。作者にとって「鳥」は何かの象徴なのではないかと思わせる。

浜昼顔どこへ行かむと乗り越しし　18

どこへ行くつもりで乗った電車だったのか、気が付くと乗り越してしまっていた。降りた駅には「浜昼顔」が薄紅色の花を咲かせている、という内容。まるで白昼夢のような作品で、「浜昼顔」が浜辺に咲き広がっている。

うっかり乗り越してしまったという内容は、人生における乗り越しをも思わせて、「浜昼顔」だけが存在感をもって海風に吹かれている。

海はいま銀の平らに魂送り　19
八月六日、九日を過ぎ潮けむり　20

第18句「浜昼顔」から、第19句の「海」へと作品世界が繋がっている。しかし季語は「魂送り」で季節は秋。東京などでは新暦で盆をするところもあるが、関西は主に旧暦。この句は盂蘭盆会を迎えて、残暑の日射しが照りつける「海」、を「銀の平らに」と詠んでいる。

続いて、第20句は八月六日の広島忌、そして九日の長崎忌を過ぎて盆を迎えた海。「潮けむり」は海水が飛び散るしぶきのこと。

花アカシア石切りの山細りゆく　21

近景に白い「花アカシア」の甘い香り、遠景に石を切り出す山。山は少しずつ削られて、次第に痩せ細ってゆく。切り出される石に、ふと墓石のイメージが過ぎる。

歩きスマホ同士ぶつかる夏の駅　22

「歩きスマホ」は慌ただしく生きる現代人の象徴。第15句の「方位無き地下街」と同じで、作者にとって異質なもの。

軒先の貝風鈴のひとしきり　23
貝風鈴碧落の音聞こえ来ず　24
貝風鈴思ひ出うすれゆきにけり　25

「貝風鈴」を季語とする三句で、表題はこれらの作品から取られた。「貝風鈴」は海をイメージさせ、海の音を聞くような趣。すなわち蛇笏賞を受賞した『海の音』に繋がる作品なのである。

第23句は現実の「貝風鈴」で、生活の場にあるもの。「ひとしきり」と詠んで「鳴る」という言葉を省略。「貝風鈴」の透明感ある音を想像させている。

第24句の「碧落」は青空、あるいは世界の果て。風が吹くたびに「貝風鈴」はサラサラと美しい音を響かせて青空に呼び掛けるのだが、青空は無音でどこまでも宇宙の静けさを思わせる。「貝風鈴」は自然の呼び掛けに応えるのだが、宇宙そのものは無音。「碧落」の無音は、宇宙の孤独をも感じさせる。

第25句は、「貝風鈴」の音に誘われる想念の世界。呼び戻して辿ってみても「思い出」はうすれゆくばかり。喪失感の中に、貝風鈴の音だけが現実のものとして聞こえているのである。

研師来し木蔭の今は木下闇　26

いつも研師がやって来る「木蔭」、あるいはかつて研師がやって来ていた「木蔭」も、鬱蒼と葉が生い茂って、今は濃い「木下闇」をなしているのである。

この作品も、眼前に「研師」は存在していない。

かつてそこに存在した風景と、今目にしている風景を重ね合わせることで一句にしているのである。

この雨は如意輪観音涼しくす　27

「如意輪観音」は如意宝珠と輪宝を持って一切衆生の願望を満たし、苦を救うという変化菩薩。「木下闇」から古寺へと風景を繋いでいるのだろう。ひと雨降って、作品世界を清々しいものにしている。

よろこびはかなしみ誘ひ滝白し　28

「如意輪観音」に祈りを捧げる人々の、「よろこび」や「かなしみ」。悲しみの中に喜びは生まれ、逆に喜びは悲しみを誘うという感慨。喜びも悲しみも確たるものではなく、禍福はあざなえる縄のごとくに裏になり表になり移ろってゆく。

ささいな悲喜こもごもに生きる私たちに対して、喜びも悲しみも綾なすごとく「滝」はただ堂々と白く清冽な姿で立っている。「滝」もまた神であることが思われる。

近江路はいくつもありて一つは鯖　29

十一面観音稲田となりぬ　30

第29句の「近江路」は、琵琶湖西岸をを通って小浜へと抜ける道であろうか。「鯖」は鯖街道のこと。日本海で早朝に捕れた鯖を塩漬けにして、京都まで一日かけて運んだ。鯖街道は幾つもあるが、その一つに近江路を使う方法がある。また、近江路や小浜は古代大陸からの文化が入ってきた道でもあることから、観音菩薩を安置する寺が多い。

第30句の「十一面観音」も、その一つだろう。近江は米所で、観音菩薩を祀るような古寺の周辺には田園風景が広がっている。それも、収穫を終えて「稲田」になっているのである。

精霊蜻蛉龍太碑に龍太居ず　31

「精霊蜻蛉」は、薄羽黄蜻蛉の別名で、盆のころに飛ぶのでこう呼ばれる。この句は「龍太碑」に「精霊蜻蛉」を配することで、句碑を墓碑に見立てているように思える。当然、そこに敬愛する「龍太」は存在しない。ここでも、よすがとなる物だけがあって、その実態は存在しないことが詠まれている。

水駅は色変へぬ松並むところ　32

「水駅」は船着場のこと。船着場に松が並んでいるのである。「色変へぬ松」は秋の松で、紅葉の美しい中に緑のまま色を変えない松の姿を称えた季語。第18句の「浜昼顔」が列車の駅を想像させるのに対して、「水駅」を対比させている。

第29句、第30句が近江路をテーマとしていることから、琵琶湖畔の松並木の続く、古い船着場などが思い浮かぶ。

病む妻に外はこほろぎ月夜かな　33

最終句に至って初めて「病む妻」が登場する。季節はすでに秋も半ばで、盛んに「こほろぎ」が鳴いている。そして、美しい月も上がっている。「こほろぎ月夜」という季語は存在しないが、この句は「こほろぎ月夜」という表現が秀抜。秋の夜長を澄んだ声で鳴き続ける「こほろぎ」と「月」が、「病む妻」の慰めであるような切ない句である。

ここまで読んでくると、第2、第3句に詠まれていた「枇杷」の句の意味がよくわかる。九歳も年下で、新婚当時は「枇杷」を剝いて帰宅する自分を迎えてくれた、若く潑剌としていた妻が、今は病んでいるのである。さらに、第6句の「夜は孤り」という表現や、気配だけが捉えられている鳥の句などから、「病む妻」が作者の傍には居ないのではないかとの想像も働く。そして、第12句に描かれていた、「白木の柩」の不安が一層胸に響くのである。

貝風鈴の構成図

以下（二四〇頁）に掲げるのは「貝風鈴」三三句がどのように構成されているか、一覧できるようにした図である。雨降る「母の日」から始まる作品は、月夜の「病む妻」を詠んだ作品で終わる。作者にとって母なるものへの希求は、作品の主要なモチーフをなすものと思われる。したがって、「母」から「妻」へと流れてゆく作品の後半に、「如意輪観音」や「十一面観音」など、女性をイメージさせる仏像が登場することもテーマを確かなものにしている。

天候としては「雨」の描写が全体をつなぎつつ、「家」「駅」を基点に、「海」や「湖」をベースとして作品世界が構成されていることがわかる。作者にとって母なるものとともに、水もまた重要なモチーフである。作品は全体として水に包み込まれて、たゆたいつつ安定を保っている。さまざまな乾きを癒やす命の水、さらに言えば作品世界を包み込む羊水なのである。

また、全体の構成の中で「枇杷」や「清水」、「青林檎」「如意輪観音」「十一面観音」といった、プラスのイメージをもつ題材と、「父の墓」「柩」「魂送り」「精霊蜻蛉」といったマイナスのイメージをもつ題材が、片寄らないように全体に配置されていて作品世界に変化をつけていることがわかる。また、韻律という点でも平板にならないように工夫されている。

全体としては、「母の日」「父の日」を導入部分として、「柩」や鳥の姿の見えない「浮巣」、「八月六、九日」の広島忌・長崎忌、などの「死」を意識させる作品を中心とする部分が展開Ⅰである。そこから「貝風鈴」の三句によって展開Ⅱへとつなぎ、ここでは近江の水のイメージとともに「如意輪観音」「十一面観音」などのもたらす、穏やかな安らぎの世界を描いている。そして結びに、生涯の師「龍太」への変わらぬ恩愛の情と、「病む妻」に寄せる心情を、秋の美しい「月」と語り掛けるように鳴く「こほろぎ」の声によって表現していることがわかる。

		テーマ	空（天候）	プラスイメージ	マイナスイメージ	場
1	導入	母の日	雨			海
2			雲	枇杷		
3				枇杷		家
4				清水		
5			梅雨入り			海
6					冷蔵庫	
7		父の日	雨	番傘		
8					父の墓	
9					墓参	
10	展開Ⅰ		明易		鳥	家
11					鸛	
12			朝涼		柩	
13			夏雲	江鮭		
14				青林檎		
15			夏雲			
16				草いきれ	人いきれ	
17			雨		浮巣	
18				浜昼顔		駅
19					魂送り	海
20					八月六、九日	海
21				花アカシア	石切りの山	
22				スマホの人	駅	

貝風鈴の構成図

33	32	31	30	29	28	27	26	25	24	23
結び			展開Ⅱ							
病む妻		龍太								
月						雨				
こほろぎ	色変へぬ松		十一面観音	近江路		如意輪観音	緑陰	貝風鈴③	貝風鈴②	貝風鈴①
		精霊蜻蛉								
家	水駅・湖		湖		滝	湖				

掲載句索引

＊Ⅰ〜Ⅳに引用した句を
作者五十音順に配列

【あ】

秋篠光広
芭蕉庵桃青は留守水の秋　31
降る雪の手の淋しさに鈴買へり　32

有馬朗人
水星に明ける露けき沙漠かな　151
さつと手をあげて誕生仏となる　152
あの窓に父の魂魄夕桜　153

藺草慶子
十人の僧立ち上がる牡丹かな　24
沢音の髪にこもりぬ蛍狩　25
枯れすすむなり夢違《ゆめたがひ》観世音　26

池田澄子
春寒の灯を消す思ってます思ってます　143
死んでいて月下や居なくなれぬ蛇　144
母よ貴女の喪中の晦日蕎麦ですよ　145

石田郷子
四万六千日人混みにまぎれねば　158
忘れ潮もつとも春を惜しむなり　159
狼のたどる稜線かもしれぬ　160

石牟礼道子
祈るべき天とおもえど天の病む　198
さくらさくらわが不知火はひかり凪　199
お蚕《こ》たちの雨乞い今も湖底《うなぞこ》にて　200
いず方やらん鐘ひびく湖《うみ》あぶら照り　200
おもかげや泣きなが原の夕茜　200

伊藤伊那男
花種を蒔く一鉢は供華として　203
野遊びに不遇の皇子を誘ひ出す　204
重箱を開け月かげを溢れしむ　205

井上康明
抽ん出て燃ゆる白日涼新た　169
龍太亡き重畳の峰夏百日　170
雪降ってをり寒鯉の眼に力　171

茨木和生
一島をあげて万歳もてなせり　68
病抜けさせたく柳の鬘挿す　69
火を見たることなき眼山椒魚　70

岩田由美
鳥の恋梢をともに移りつつ　38
燕よく見ゆる窓辺に手術待つ　39
救急車夜の向日葵照らしたる　40

岩淵喜代子
水母また骨を探してただよへり　176
梨を剝くたびに砂漠の地平線　177
人はみな闇の底方にお水取　178

宇多喜代子
大鷹の空や一期の礼をなす　218
甕底にまだ水のある夕焼かな　219
夏草となるまでわたしは死なぬ　220

榎本好宏
偲ぶこと夕顔の花待つやうに　179

川上にもひとつ篝虫送り　180
烏瓜提げて太宰に遭ひに行く　181

大石悦子
雪たんとたもれとうたふ葩煎袋《はぜぶくろ》　60
どこで遇つた魑だつたか雁来紅《かまつか》　61
寒林の樗櫟《ちよれき》となりて鳥呼ばむ　62

大木あまり
ハチ公のまだ待つてゐる終戦日　187
病室は蝿もをらざる秋暑かな　188
青空に雲のとどまるおじやかな　189

大峯あきら
いつまでも花のうしろにある日かな　17
ぬかるみをまたいで入りぬ雛の家　18
涼風のとめどもなくて淋しけれ　19

小川軽舟
夕空は宇宙の麓春祭　164
めらめらと氷にそそぐ梅酒かな　165
母のもの捨つる終活父の汗　166

恩田侑布子
あきつしま祓へるさくらふぶきかな　113
小さき臍濡らしやるなり花御堂　114
羊水の雨が降るなり涅槃寺　115
この亀裂白息をもて飛べと云ふ　115

【か】

櫂未知子
海流のぶつかる匂ひ帰り花　45
草市や生者の側の淡きこと　46
なほ母をうしなひつづけ霧ぶすま　47

鍵和田秞子
みどり透く神の色なる子かまきり　121
晩年や夜空より散るさるすべり　122
朽つるまで笑まふみほとけ雲雀東風　123
みほとけは禱りに痩せて冬日影　123

柏原眠雨
避難所に回る爪切夕雲雀　27
ゆるゆると死霊の舞やほととぎす　28
泣き止まぬ子もその母も息白し　29

片山由美子
断崖をもつて果てたる花野かな　52
口に笛はこぶに作法月の雨　53
照らし合ふことなき星や星月夜　54

木附沢麦青
啼き出して囮たること忘れゐむ　80
枯野馬車土産の玩具鳴り出だす　81
煮凝の味に加はる山の闇　82

後藤比奈夫
かの人を思ふよすがの玉椿　131
受けてみよ上寿の老の打つ豆ぞ　132
起し絵を見せて見送る仏かな　132

駒木根淳子
見る人もなき夜の森のさくらかな　172
陽炎のなかに肩抱く別れあり　173
切株といふ秋風を待つところ　174

【さ】

齋藤愼爾
白芒天の鳴弦かすかにも　55
夭折に憧れ芒かんざしす　55
昏かりき芒てふ字のなかの亡　55
白芒瓦礫にまたも戻る吾れ　56
死を化粧して白芒白芒　56

遊びをせんと生まれ芒かんざしす 56
衣擦れの音曳きてをり夜の芒 56
天心に木片の泛く雁供養 57

坂本宮尾
棉実る息のかぎりにハーモニカ 20
鮎を焼く父と子強き焔をはさみ 21
冬浪の沖や白鯨ゆくところ 22

佐怒賀正美
胎児はや指を吸ひをり春の雪 213
眼球の奥のつながり水温む 214
都市に根を下ろす鉄骨黄落期 215

澁谷　道
ストレッチャー急ぐ影濃し花霞 71
冷房の無人十一輛車庫へ 73
雪しづか碁盤に黒の勝ちてあり 73

鈴木牛後
花を見ぬ牛と花見をしてをりぬ 101
満月を眼差し太き牛とゐる 102
牛の死に雪は真白を増しゆけり 102
獣声のけおんと一つ夏果つる 102

牛死せり片眼は蒲公英に触れて 103

【た】

高田正子
母もまた母恋ふるうた赤とんぼ 33
鉾の稚児雨の袂を重ねけり 34
銀の日のあと金の月泉鳴る 35

高野ムツオ
立つほかはなき命終の松の夏 138
南部若布秘色を滾る湯にひらく 139
星雲を蔵して馬の息白し 140

鷹羽狩行
菖蒲湯の沸くほどに澄みわたりけり 195
石ことごとく玉となる良夜かな 196
焚火して人みな闇の中にゐる 197

高橋睦郎
諸《ロ》面《テ》裏はかの世や能始 221
やすらへ花・海嘯《つなみ》・兇火《まがつひ》・諸靈《もろみたま》 222
無き家に亡き母ひとり年守る 223

田島和生
あふ向きに死にゆく蟬へ蟬時雨 161
きらめきて浜昼顔に次の浪 162
立ちしまま馬の暮れゆく露の山 163

津川絵理子
綾取や十指の記憶きらめける 12
笹鳴や亡き人に来る誕生日 13
花の雨電車の扉ひらくたび 14

辻田克巳
蟬時雨一分の狂ひなきノギス 124
寂しさに音ありとせば鉦叩 125
真言の闇へ寒鯉沈みゆく 126
殷々と闇厚きのみ除夜の鐘 126

対馬康子
新緑の残響は柩を満たす 106
写真にはたくさんの息夏落葉 107
立秋や雑木は影をつなぎ合う 108

友岡子郷
海よ贖《あがな》へと風鈴鳴りゐたり 190
藩校のそののちは大夏木のみ 191
夕闇のあとにくる闇茄子の馬 192
母の日は雨舳先より濡れはじむ 227

あらたなる雲ながれつぎ枇杷の種 228
皿に盛りたる枇杷ほどの歳の差か 228
一本の柄杓のごとき清水なる 228
子午線の町の風波梅雨に入る 229
冷蔵庫加冷の音す夜は孤り 229
番傘の雨音父の日なりけり 229
蛍火はこころにゆきき父の墓 229
木のこゑに応ふる木ある墓参かな 229
明易や鳥食みのもの庭に撒き 230
さみしさの大き水輪は鷭ならむ 230
朝涼の白木の柩たれ待つや 231
夏雲のゆたにながるる江鮭 231
青林檎小さき谺を秘めゐるも 231
方位なき地下街出でて夏の雲 232
人いきれより逃れきて草いきれ 232
浮巣に雨木の巣にも雨鳥は見ず 232
浜昼顔どこへ行かむと乗り越しし 233
海はいま銀の平らに魂送り 233
八月六日、九日を過ぎ潮けむり 233
花アカシア石切りの山細りゆく 234
歩きスマホ同士ぶつかる夏の駅 234
軒先の貝風鈴のひとしきり 234
貝風鈴碧落の音聞こえ来ず 234
貝風鈴思ひ出うすれゆきにけり 234
研師来し木蔭の今は木下闇 235
この雨は如意輪観音涼しくす 235
よろこびはかなしみ誘ひ滝白し 236
近江路はいくつもありて一つは鯖 236
十一面観音櫓田となりぬ 236
精霊蜻蛉龍太碑に龍太居ず 237
水駅は色変へぬ松並むところ 237
病む妻に外はこほろぎ月夜かな 237

【な】

西村和子
日々落葉みづうみ神へ返すべく 135
学府枯れかの日の我とすれちがふ 136
馬上うるはしく過ぎたり賀茂祭 137

西山 睦
生きてゐる指を伸べあふ春火桶 154
海猫《ごめ》渡る万のひとみが沖に照り 155
片戸開け菓子を商ふ盆の家 156

【は】

広渡敬雄
草を擦りつつ上りゆく鯉幟 109
山霧の通り過ぎたる茅の輪かな 110
雪吊のなかにいつもの山があり 111

深見けん二
ゆるみつつ金をふふめり福寿草 9
晩年の一と日一と刻鰯雲 10
あまねき日枯木の幹もその枝も 11
面影の梅一輪を風攫ふ 11

藤本美和子
天空は音なかりけり山桜 83
蜻蛉がくる蜻蛉の影がくる 84
春満月生後一日目の赤子 85
亡骸の父の頤梅雨満月 85

【ま】

前田攝子
唐突に来る晩年や小夜時雨 206
冬鹿の声を聴きゐる枕かな 207

まだ砂になりきれぬ石雁渡し 208

正木ゆう子

尋常の死も命がけ春疾風 128
その奥に梟のゐる鏡欲し 129
降る雪の無量のひとつひとつ見ゆ 130

松尾芭蕉

まゆはきを俤《おもかげ》にして紅粉の花 120

黛　執

釣鐘の闇を真上に蟻地獄 91
五郎助ほうぐつすり嬰を眠らせて 92
凍蝶に凍てし寧らぎありぬべし 93

三村純也

月の面を雪片よぎり西行忌 146
妣の部屋灯ることなき冬至かな 147
訃のあれば必ず田植布子とよ 148

宮坂静生

木の根明き橅を曳き出す馬橇かな 63
旧石器以来こほろぎ黥面《すみ》深き 64
枯山中つぎつぎ光孵りけり 65

村上鞆彦

枯蓮の上に星座の組まれけり 48
ガラス戸の遠き夜火事に触れにけり 49
蟬の木のうしろ一切夕茜 50

【や】

矢島渚男

永劫の時死後にあり名残雪 95
花ちるや近江に水のよこたはり 96
映像に死ぬ前の顔沖縄忌 97
白鳥に終生の白帰りゆく 98

山尾玉藻

おもしろうなりゆくところ枯蓮 88
茶封筒また取り出せる生身魂 89
応へねばならぬ扇をつかひけり 90

山口昭男

吾が肝に鈴つけてみん朧の夜 116
木簡の青といふ文字夏来る 117
さからはぬ子規の妹烏瓜 118

山田佳乃

浴びて来し花を零せる桟敷席 210
山滴るや日本は竹の国 211
神々の高さに鷹の光りをり 212

山西雅子

暮れはてて光の底の鳰 182
まつすぐに来て鯉の浮く秋彼岸 182
石鹼玉まだ吹けぬ子も中にゐて 183
桃の木の脂すきとほる帰省かな 184

山本一歩

一筋の冷気となりて蛇すすむ 41
ふるさとの山が支へて天の川 42
猟犬の小屋の真つ暗雪が降る 42

山本洋子

母が家の寒紅梅をもらひきし 77
雛壇の端に眼鏡を置きにけり 78
狐火や湯殿へ通ふ長廊下 78

【わ】

渡辺純枝

蓮如忌のぬれては緊まる海の砂 98
垂直の水は真白し椎の花 99
生るとは濡れて立つこと春の駒 100

おわりに

本書は『俳句』に連載した内容に、新たに書き下ろした四編、一二句を加えて再構成した。連載時は毎月男女二人の近刊句集を取り上げ、季節に合わせて、冒頭にそれぞれ一句を立てた。そのため、取り上げる句集や作品に制約があった。他にも鑑賞したい句集や作品がたくさんあり、残念に思うことも多かった。取り上げた作品に対しては、その一句と向き合い、どこまでもその作品に即して魅力を解き明かす作業に没頭した。心を通わさなければ作品の姿が見えて来ないので、繰り返し読んだ。振り返ってみて力量不足を痛感するが、幸福な時間だった。

この度の単行本化に際しては、この連載の最も重要なテーマであった、俳句を「読む力」とは何かということを柱に据えて、切り口をⅢ章に分けて再構成した。また、最終章に、友岡子郷氏の雑誌発表句「貝風鈴」三三句の全句鑑賞を試み、書き下ろした。俳句は一句として独立していることが大切だが、一連の作品として発表されるときは、その作品全体を鑑賞したい。そうすることで一句一句の読みが深くなると同時に、俳句表現の可能性が広がるからだ。これも、俳句を読む醍醐味である。今後も、光を宿す一句と出合い、その魅力を探りたい。
刊行にあたり、この連載を企画して下さった前『俳句』編集長の白井奈津子氏、書籍化を担当して下さった平澤直子氏、そして『俳句』現編集長の立木成芳氏に大変お世話になりました。お名前を記して心より御礼を申し上げます。

二〇二〇年二月

井上弘美

＊本書は『俳句』に連載された「弘美の名句発掘」（平成二十九年一月号～平成三十一年三月号）に加筆を施し再編集し、角川俳句コレクションとして刊行したものです。

井上弘美
1953年京都市生まれ。俳人。俳句雑誌「汀」主宰。「泉」同人。早稲田大学大学院教育学研究科修士課程修了。公益社団法人俳人協会評議員。日本文藝家協会会員。俳文学会会員。朝日新聞京都俳壇選者。「NHK俳句」2019・2022年度選者。元武蔵野大学特任教授。早稲田大学エクステンションセンター講師他。句集に『風の事典』・『あをぞら』（第26回俳人協会新人賞）・『汀』・『夜須礼』（第10回星野立子賞・第14回小野市詩歌文学賞）他、句文集に『俳句日記2013 顔見世』。著書に『俳句上達9つのコツ』『実践俳句塾』『季語になった京都千年の歳事』『俳句劇的添削術』他がある。

読《よ》む力《ちから》

初版発行　2020年4月1日
3版発行　2022年12月26日

著者　井上弘美

発行者　石川一郎

発行　公益財団法人 角川文化振興財団
〒359-0023　埼玉県所沢市東所沢和田3-31-3
ところざわサクラタウン 角川武蔵野ミュージアム
電話　050-1742-0634
https://www.kadokawa-zaidan.or.jp/

発売　株式会社 KADOKAWA
〒102-8177　東京都千代田区富士見2-13-3
電話　0570-002-301（ナビダイヤル）
https://www.kadokawa.co.jp/

印刷所　株式会社暁印刷

製本所　牧製本印刷株式会社

角川俳句コレクション

 ISBN 978-4-04-884334-8 C0095